BLACK DEVIL

Laurence Caro

BLACK DEVIL

Roman

Septembre 2023

Editeur : LCA

Les Prés de Réchou

83550 Vidauban, France

Dépôt légal : septembre 2023

Auteur : Laurence Caro

1

LOUIS

Elle s'adossa à un arbre et se laissa glisser jusqu'au sol. Une pluie fine gouttait à travers le feuillage. Romane était épuisée, ses vêtements sentaient le sang et l'urine, la nuit commençait à tomber et ses cigarettes prenaient l'humidité. Louis était resté debout face à elle, les mains dans les poches :

« Tu devrais le lui dire.

— Lui dire quoi ? demanda Romane sans lever la tête.

— Ce qu'il t'arrive.

Romane grimaça un sourire acide :

— Pour ce que ça changerait...

Elle tira sur sa cigarette éteinte, l'éloigna de son visage et fronça les sourcils :

Et merde ! Saleté de pluie ! »

Elle jeta la cigarette trempée dans l'humus et Louis vint s'asseoir à côté d'elle, les genoux entre les bras. L'obscurité était désormais quasi complète. Romane ferma les yeux. Louis ramena ses jambes sous son menton et écouta les bruits de la nature, prêt pour son premier tour de garde. Plus loin, sous une minuscule tente de camping, une veilleuse s'était allumée. Louis songea qu'user la batterie de leurs téléphones portables uniquement pour s'éclairer n'était pas très intelligent, mais il resta immobile. Il pouvait comprendre qu'une adolescente perdue en pleine forêt à la nuit noire ait besoin de se rassurer avec la torche de son Android. Ses yeux s'habituaient peu à peu à l'obscurité. Il entendit une branche craquer et tourna la tête dans la direction du bruit, avant d'apercevoir la silhouette d'un hérisson à la recherche de vers sous les feuilles en compost. Louis leva les yeux vers les cimes pour admirer la lune, mais celle-ci restait invisible, dissimulée sous la densité de la végétation.

Dormir à la belle étoile ne lui avait jamais fait peur, même si la nature n'était pas son terrain de jeu favori. Son truc à lui, c'était l'Urbex. Lorsque la sirène avait retenti vingt-quatre heures plus tôt, il était en train de visiter une usine désaffectée, sa GoPro sur le front. Il avait aussitôt cherché à attraper du réseau sur son XCover pour se tenir informé de la raison de l'alerte, mais ce dernier restait désespérément muet. Il avait alors commencé à presser le pas pour regagner son véhicule à cent mètres de là et sortir de la zone blanche, quand l'explosion l'avait projeté face contre terre. Il se souvenait juste d'un souffle irrésistible qui l'avait soulevé à plus d'un mètre de hauteur dans un fracas assourdissant et de son corps qui reprenait lourdement contact avec le sol.

Quand il avait recouvré ses esprits, le bâtiment de l'usine derrière lui s'était écroulé sur lui-même comme un château de cartes. Ses oreilles sifflaient en continu. Une poussière âcre en suspension dans l'air le faisait suffoquer. Il essaya de se relever, mais les acouphènes perturbaient son équilibre et il dut lutter plusieurs minutes avant de parvenir à mettre un pied devant l'autre. Même ses yeux avaient du mal à accommoder : il voyait double. Ses sensations étaient déformées à un point tel qu'il avait l'impression de marcher dans du coton. Les vitres de sa voiture avaient éclaté comme du sucre glace et lorsqu'il tourna la clef de contact, rien ne se produisit. Il réessaya à plusieurs reprises, mais le moteur n'émit pas le moindre crachotement. Il regarda à nouveau son téléphone portable, dont l'écran s'était brisé sous le choc : toujours pas de réseau. Il n'avait pas d'autre choix que de marcher jusqu'à la civilisation.

2

ROMANE

Romane se réveilla en sursaut aux premières lueurs du jour. Louis ne l'avait pas réveillée pour son tour de garde et elle pensa d'abord qu'il s'était endormi pendant la surveillance, avant de constater qu'il n'était plus à côté d'elle. Elle décolla son dos du tronc avec difficulté et resta quelques secondes penchée vers l'avant. La pluie continuait de couler sur son visage et le long de ses cheveux. L'eau imbibait ses vêtements et diluait peu à peu les traces couleur de rouille sur sa chemise. Elle se leva pour aller soulager sa vessie à l'abri des regards et croisa Louis en train de remonter la fermeture éclair de son cargo. Ils se saluèrent sans parler. Tous deux savaient que la journée allait être compliquée, mais au moins, ils ne mourraient pas de soif. Louis et elle avaient profité de l'orage pour remplir leurs bouteilles d'eau pendant la nuit. En plein été, les pluies étaient rares, dans la région : malgré l'inconfort de la situation, ils avaient eu de la veine. Lorsque Romane revint à leur campement de fortune, Chloé était en train de mastiquer une barre de céréales à l'intérieur de la tente entrouverte. Louis sourit à Romane, coupa la barre chocolatée qu'il avait entre les mains et lui en tendit la moitié :

« C'est la dernière. Bon p'tit déj ! »

Romane le remercia et grignota sa portion en silence. Louis avala la sienne en deux bouchées. Machinalement,

Romane porta sa main sur le côté droit de son abdomen et la retira aussitôt. Le morceau de ferraille était toujours là, bien en place sous le tissu détrempé. Elle n'avait rien dit à Chloé pour ne pas la faire paniquer, mais il était évident que faute de soins médicaux rapides, une infection ne tarderait pas à se déclarer, sans parler du risque d'hémorragie interne. Louis avait fait ce qu'il pouvait avec sa trousse de secours : nettoyage des contours de la plaie au sérum physiologique, bandage autour du corps étranger pour éviter qu'il ne se déplace, carré de gaze au-dessus pour éviter le contact direct avec le vêtement souillé. Romane tâta sa poche de poitrine à la recherche de son paquet de Winston. Seul le bruit des gouttes sur la toile de tente et la végétation perturbait le silence. Pas un oiseau ne chantait.

« Dites, les filles, commença Louis, je ne sais pas combien de temps on va devoir passer ensemble, mais ce serait cool que vous vous adressiez la parole de temps en temps. On est un poil dans la merde, tous les trois, alors il me semble que ce ne serait pas plus mal de mettre nos ego de côté pour rendre la chose plus facile.

— Fuck, mes clopes sont HS, grogna Romane en ouvrant l'étui en carton gondolé par l'humidité.

— Et après c'est moi que tu traites de junky... lâcha Chloé avec un regard noir.

— Je ne t'ai jamais traitée de junky.

— Mon cul, ouais ! s'exclama Chloé.

— Tu m'emmerdes.

Louis fit le dos rond et se rassit, l'air blasé :

— OK, laissez tomber. C'est mieux que vous ne vous parliez pas, en fait. »

Le silence revint sur le campement. Malgré la passe d'armes qu'elles venaient d'échanger, Romane était soulagée de constater que Chloé avait repris du poil de la bête. Au moment où la sirène avait retenti deux jours plus tôt, elle était en train de fouiller - pour la énième fois - un squat en ruine à la recherche de sa sœur, qui n'était pas rentrée chez leur mère la veille au soir. Elle avait fini par la trouver étendue sur un matelas à même le sol, ivre et abrutie par les vapeurs de cannabis qui flottaient encore dans l'air. Romane n'avait pas eu besoin d'exhiber sa carte de Police, cette fois-ci : les autres jeunes l'avaient immédiatement reconnue et s'étaient éparpillés sur son passage comme une volée de moineaux. Ils n'avaient à l'évidence pas gardé un bon souvenir de sa précédente visite. La jeune femme avait secoué Chloé par l'épaule sans ménagement et cette dernière avait ouvert des yeux ahuris. C'est alors que l'alerte aux populations s'était déclenchée.

Romane se figea et attendit : un signal, cinq secondes de pause, un second signal, cinq secondes de pause, un troisième signal... Ce n'était pas un exercice. Le bâtiment dans lequel elles se trouvaient était ouvert à tous les vents depuis de nombreuses années : la moitié du toit avait disparu, toutes les fenêtres étaient brisées depuis longtemps et des pans de mur entiers n'étaient plus que des tas de cailloux. S'il s'agissait d'une attaque chimique, elles devaient impérativement bouger de là pour se calfeutrer dans un endroit clos. Mais s'il s'agissait d'une catastrophe naturelle type tornade ou tremblement de terre, alors elles ne devaient surtout pas prendre le risque de mettre un pied au dehors. Il fallait prendre une décision rapidement. Son téléphone se mit à sonner et le numéro de sa mère s'afficha. Elle décrocha sans lui laisser le temps de parler :

« Sais-tu ce qui a déclenché la sirène ?

— Où es-tu ? Est-ce que ta soeu...

— Elle est avec moi, l'interrompit Romane. As-tu des informations sur l'alerte ?

— Non, à la télé ils disent juste de s'enfermer et d'attendre les consignes. Vous êt... »

Romane raccrocha sans lui laisser le temps de terminer. Elle ne voulait pas saturer les lignes des services d'urgence, mais elle avait besoin de cette information au plus vite. Le mieux était d'appeler ses collègues du Ministère : ils sauraient la renseigner. Chloé avait refermé les yeux et lui tournait le dos :

« Va te faire foutre ! Et maman aussi, j'rentrerai pas. »

C'est à cet instant précis que Romane perçut le grondement qui allait précéder l'explosion. Par réflexe, elle s'était couchée sur le corps de Chloé et eut l'impression d'être disloquée par la violence du souffle et les gravats qui s'abattaient dans son dos. Elle chercha sa respiration pendant plus d'une minute. Ses poumons étaient en feu, ses yeux brûlés par la poussière et ses épaules écrasées par un poids monstrueux. Au prix de contorsions douloureuses, elle parvint à se dégager et entreprit de sortir sa sœur de sous les débris. Chloé était inconsciente, mais elle respirait encore. Elle avait une blessure à la tête. Romane chercha fébrilement son téléphone au milieu du plâtre, du métal déchiqueté et du ciment : l'écran était brisé, le clavier inutilisable et il n'y avait plus de réseau. Une partie des murs était restée debout mais de gros blocs de pierre au-dessus d'elles menaçaient de s'en détacher. Elle ignorait ce qui avait provoqué la déflagration, mais s'il devait y en avoir une seconde, Chloé et elle finiraient ensevelies à coup sûr. Elle commença à soulever le corps de sa sœur, sentit une violente douleur entre les côtes, serra les dents et le chargea sur son épaule pour sortir du bâtiment. Ce n'est qu'une fois à l'extérieur, agenouillée dans l'herbe devant la silhouette de la jeune fille, qu'elle réalisa que Chloé avait uriné sous elle. Romane examina ses propres vêtements et partit d'un rire nerveux : « merci p'tite sœur, grâce à toi je pue la pisse », fit-elle à voix haute.

3

CHLOE

Chloé n'avait pas gardé de réels souvenirs du moment de l'explosion. Elle se rappelait vaguement de sa sœur qui l'avait réveillée en plein rêve, d'une alarme en fond sonore et puis plus rien jusqu'à ce qu'elle rouvre les yeux dans un mélange d'odeurs écœurant. Elle était allongée sur le côté, ses mains sous la joue et une jambe repliée sous l'autre. Elle avait cligné des yeux plusieurs fois, avant de se retourner sur le dos pour regarder autour d'elle.

« Eh ! Bonne nouvelle, la belle au bois dormant sort de son sommeil, fit une voix masculine.

– J'ai vu, répondit Romane d'un ton soucieux. Comment te sens-tu ?

– Comme si j'avais fumé le bédo le plus psychédélique de la création, bredouilla Chloé. J'suis fracassée.

– Tu as mal quelque part ?

Chloé se redressa sur un coude durant quelques secondes, avant de tenter la position assise :

– Aïe ! J'ai mal partout, en fait...

Son regard s'arrêta brusquement sur la blouse ensanglantée de sa sœur :

Merde ! Tu es blessée ?

Romane pointa l'index dans sa direction :

– Non, c'est ton sang. Tu as une coupure à la tête mais rien de grave, rassure-toi.

Chloé porta la main à son front :

— Alors c'est du sang, ce truc dégueulasse qui me colle les paupières ?

— Oui mais rien de grave, je te le répète. C'est une simple coupure.

— On l'a nettoyée, intervint le jeune homme.

— C'est qui, ce mec ? demanda Chloé d'une voix méfiante.

— Je m'appelle Louis, fit Louis.

— Mais on est où ? demanda l'adolescente, soudain effrayée. Comment est-ce que j'ai atterri ici ? Et c'est quoi qui sent aussi mauvais ?

— Je crois que c'est toi, répondit Louis avec un sourire amical. Tu as fait une vidange express pendant ta cure de sommeil, mais vu les circonstances, personne ne t'en tiendra rigueur. Ta sœur et moi ne sommes pas beaucoup plus frais.

— Bordel, mais c'est quoi, ce délire ?!! Il se passe quoi, là ?

— On n'en sait rien encore, répondit Romane. Il y a eu une explosion importante et... Bref, j'ai croisé Louis en allant chercher de l'aide. On est tous les trois au même niveau d'information, pour le moment.

— Où sont mes amis ?

— Probablement tous à l'abri, à l'heure qu'il est : ils sont partis quand je suis arrivée et je n'ai vu personne aux alentours depuis l'explosion, à part Louis », lui dit sa sœur.

Chloé toucha son front à nouveau et sentit le sang frais couler entre ses doigts :

« Je serais à l'abri avec eux, si tu ne te mêlais pas sans arrêt de ma vie ! Et maintenant je vais peut-être crever au milieu de nulle part à cause de toi !

Romane écarquilla les yeux :

— Non mais tu es sérieuse ?! Tu crois que *moi* j'en serais là, si tu... »

Chloé fut prise d'un vertige et se laissa retomber en arrière. Elle se sentait étrangement faible. Elle s'entendit dire « va chier », juste avant de perdre connaissance à nouveau.

Quand elle reprit conscience, il y avait un tissu beige tendu au-dessus de sa tête. Elle mit un bon moment avant de comprendre qu'elle se trouvait sous une tente. Elle se mit à quatre pattes et descendit le zip afin de ramper à l'extérieur.

« Salut, miss ! lança Louis d'un ton faussement enjoué. J'espère que la chambre te plaît. Ce n'est pas du cinq étoiles mais je n'ai pas trouvé mieux pour mes explorations nocturnes en solo. Tu as faim ? »

Chloé balaya des yeux l'environnement. Ils étaient en sous-bois et la lumière du jour commençait à décliner. A quatre ou cinq mètres d'elle, elle aperçut Romane en train de fumer une cigarette, adossée à un arbre. Leurs regards se croisèrent, mais aucune des deux ne prononça une parole. Chloé avait mal à la tête et se sentait nauséeuse. Elle recula à l'intérieur de la tente, se recroquevilla en chien de fusil et referma les yeux.

4

LE SENTIER

Sac à dos arrimé sur les épaules, Louis marchait d'un bon pas, pressé de rejoindre la route. La pluie avait cédé la place à un soleil de plomb et Romane espérait que ses cigarettes et son briquet, une fois secs, seraient à nouveau utilisables. Trois ou quatre mètres derrière elle, Chloé traînait les pieds dans la poussière du chemin, enfermée dans son mutisme. Elle avait chaud, elle avait soif, la crasse de ses vêtements et sa propre odeur l'indisposaient. Elle aurait donné n'importe quoi pour du savon, un bac à douche et une tenue propre qui sentait la lessive. Romane s'arrêta une première fois pour essayer d'allumer une cigarette, sans succès. Elle poussa un juron et remit le paquet dans sa poche. Louis se retourna pour l'attendre.

« Ça va ? demanda-t-il lorsqu'elle arriva à sa hauteur.

– Ça ira mieux quand je pourrai m'en griller une », répondit-elle, irritée par la sensation de manque.

Ils marchèrent côte à côte pendant une dizaine de minutes, au cours desquelles Romane essaya à trois reprises d'allumer sa cigarette, en vain. A la quatrième tentative, l'étincelle du briquet se transforma en flamme et l'embout de la cigarette se mit à rougeoyer. Romane inspira avec délice et avala la fumée.

« Merci mon Dieu ! », expira-t-elle finalement.

Elle resta immobile au milieu du chemin, savourant

l'instant, le visage tourné vers le ciel.

« Putain, tu fais pitié, ricana Chloé derrière elle.

— Ferme-la, Chloé. Si je n'avais pas été obligée d'aller te chercher, on serait toutes les deux en train de suivre les actualités à la télé.

— Ce n'est pas moi qui t'ai demandé de venir et encore moins de chasser mes potes. Je n'y suis pour rien si tu accours comme un toutou à chaque fois que maman te siffle.

Louis s'arrêta à nouveau :

— Eh ! Les frangines ! Cessez le feu, on arrive sur la route !

Chloé dépassa Romane sans plus lui accorder d'attention :

— Tu vois des gens ?

— Pas encore, dit Louis, je pense qu'il va falloir marcher jusqu'au prochain patelin.

— Tu déconnes, non ? On est à j'sais pas combien de kilomètres de la première maison. Il y a forcément des voitures qui vont passer.

— Les gens sont confinés chez eux jusqu'à la fin de l'alerte, donc à moins de croiser un véhicule de secours ou de sécurité publique, je ne parierais pas là-dessus. »

Romane n'avait toujours pas bougé et laissait pendre sa cigarette allumée au bout de son bras. Louis mit sa main en visière pour se protéger du soleil et la regarda. Puis il marcha dans sa direction, posa son sac à dos à ses pieds et en sortit une des deux bouteilles d'eau :

« Assieds-toi et bois un coup.

Romane restait debout, les pieds légèrement écartés et les bras le long du corps :

— Je ne vais jamais réussir à me relever, si je m'assieds. Allez-y, je vais suivre à mon rythme.

— Ça ressaigne », fit Louis à voix basse.

Romane baissa les yeux sur son chemisier et vit une petite tache rouge qui s'élargissait au niveau de la taille.

« Ça saignotte, rien de méchant », minimisa-t-elle.

Louis lui tendit la bouteille et elle but deux gorgées au goulot.

« Qu'est-ce que vous foutez ?!! hurla Chloé d'un ton surexcité.

–   On arrive ! lança Louis en retour.

–   A droite ou à gauche ?!

–   Quoi ?

–   La route ! s'impatienta Chloé. On la remonte par la droite ou par la gauche ?

–   Va dans le sens de la descente, ce sera plus facile. »

Romane porta la cigarette à ses lèvres pour en tirer une nouvelle bouffée et baissa aussitôt la tête pour dissimuler son visage, mais sa grimace de douleur n'avait pas échappé au jeune homme.

« Tu es sûre de ne pas vouloir nous attendre ici ? Je monte la tente ici, je te laisse la bouteille entamée et dès qu'on arrive dans un coin où il y a du réseau, je t'envoie les pompiers.

–   Les relais sont probablement tombés, vous n'arriverez à joindre personne.

–   Quels relais ?

–   Les antennes relais. Nous sommes déjà dans une zone supposément couverte par tous les opérateurs et aucun de nos téléphones ne capte le moindre signal.

–   Tu es sûre ?

–   Ce n'est pas la première fois que je viens récupérer Chloé dans le coin et juste avant l'explosion, j'ai pu avoir ma mère au bout du fil. Donc oui, s'il n'y a plus de réseau, c'est que la panne est généralisée.

–   OK. Dans ce cas, on t'enverra de l'aide une fois arrivés en ville.

Romane tira longuement sur le filtre de sa cigarette, avant de jeter le mégot au sol et de l'écraser d'un coup de talon machinal qui la fit grimacer à nouveau :

–   Nous n'avons pas la moindre idée de ce qu'il se passe.

Rien ne dit qu'il y ait des véhicules de secours dispos et opérationnels dans le secteur. Merci pour l'eau, on repart. »

Louis n'eut pas le temps de protester que Romane marchait déjà en direction de la route. Plusieurs dizaines de mètres devant eux, le T-shirt blanc sale de Chloé se détachait sur le goudron noir.

L'adolescente se retourna et plaça ses mains en porte-voix :

« Oh ! Les vieux ! Accélérez un peu, ce soir je veux dormir dans un lit ! »

5

LA ROUTE

Après un kilomètre de marche sur le revêtement brûlant, Chloé avait nettement ralenti l'allure. En nage, elle se posa dans le champ qui bordait la nationale et attendit Louis pour lui demander à boire. Louis et Romane marchaient tranquillement dans l'herbe, sur le bas-côté. Chloé était exaspérée par leur lenteur, mais elle n'avait pas le courage d'aller à leur rencontre et se contenta de râler pour elle-même, assise dans l'herbe sèche.

« Il vaut mieux éviter de marcher sur le bitume, dit Louis en la rejoignant. Avec cette chaleur, tu vas te dessécher.

— Ouais ben justement, je meurs de soif.

Louis ouvrit son sac à dos et dévissa le bouchon de la bouteille entamée :

— Bois le strict minimum pour t'hydrater, il faut économiser l'eau.

Chloé désigna sa sœur du menton :

— Elle a économisé l'eau, *elle*, tout à l'heure ?

— Lâche-moi un peu, c'est usant, à la fin », répliqua Romane d'un ton mécanique.

Chloé haussa les épaules et but une gorgée d'eau avant de redonner la bouteille à Louis, qui la tendit à sa sœur.

« Eh ! protesta Chloé. Elle a bu il y a dix minutes, pourquoi je serais la seule à devoir me rationner ?

— Je n'ai pas soif », trancha Romane pour clore la

polémique.

Louis regarda Chloé avec un étonnement sincère :

« On t'a déjà dit que tu étais une sale gosse ? demanda-t-il.

— Je t'emmerde, blaireau, on n'a pas élevé les cochons ensemble et tu ne sais rien de ma vie.

— Chloé, s'il-te-plaît... soupira Romane.

— Ouais ouais ouais, ne t'en fais pas, j'ai compris. La gamine ferme sa gueule et laisse causer les adultes.

— Amen, conclut Romane avec ironie. Allez, on décolle : si on veut arriver avant la nuit, il ne faut pas traîner.

— Ce n'est pas moi qui vous retarde, hein ! », répliqua Chloé en se remettant sur ses jambes.

Bien qu'elle ne voulût pas le montrer, la réflexion de Louis l'avait piquée au vif : à seize ans, elle estimait mériter le respect des adultes. Elle s'efforça de distancer Louis et sa sœur au plus vite, dans l'espoir d'être la première à repérer une habitation. Au bout de cinq minutes à peine, elle avait déjà plus de cent mètres d'avance sur eux et accélérait encore le pas.

Romane voulut l'appeler, mais sa voix se perdit dans une quinte de toux grasse et elle agrippa le bras de Louis pour reprendre son souffle. Penchée vers l'avant, elle cracha un long filet de sang et de salive mélangés.

« Mer...credi ! se rattrapa Louis, qui s'efforçait de cacher son émotion. Je vais mettre mon sac sur le ventre et te porter sur mon dos. »

Romane secoua la tête, cracha un nouveau filet de sang et se racla la gorge. Louis ne savait pas quoi faire. Il cherchait une vanne idiote à sortir pour détendre l'atmosphère, mais rien ne lui venait.

« Si tu me portes, l'objet va s'enfoncer dans la plaie », finit-elle par dire d'une voix encombrée.

Elle prit une grande inspiration, beaucoup trop sifflante au goût de son compagnon de route, puis se redressa et lâcha son avant-bras :

« C'est passé, ne perdons pas de temps. »

Romane se remit à marcher d'un pas égal, comme si la scène qu'ils venaient de vivre était un non-événement. Louis resta interdit deux ou trois secondes, avant de redémarrer à son tour :

« Je vais dire à ta sœur de nous attendre.

– Laisse-la filer devant. Plus vite elle trouvera quelqu'un pour nous aider, plus vite nous serons tirés d'affaire. »

Louis fit une moue dubitative mais n'insista pas. Ils marchèrent en silence pendant une vingtaine de minutes. De temps à autre, Romane s'arrêtait pour cracher sur le bas-côté puis s'essuyait la bouche d'un revers de poignet et repartait sans faire de commentaire. A l'horizon, la silhouette de Chloé n'était désormais plus qu'un point au milieu du décor. Romane essayait de rester concentrée sur la route, le regard toujours fixé un mètre devant elle. Un léger sifflement au-dessus de sa tête attira son attention et elle leva les yeux vers le ciel, juste à temps pour voir s'abattre une série de projectiles à moins de deux cents mètres d'eux dans un grondement de tonnerre.

« Un bombardement ! », hurla Louis en se jetant au sol.

Romane était restée debout et observa la dizaine de cratères formés par les impacts au beau milieu du champ que Louis et elle étaient en train de longer.

« Des météorites, souffla-t-elle.

– Quoi ?! cria Louis, les mains sur les oreilles.

– Ce ne sont pas des bombes, ce sont des météorites. C'était ça, la première déflagration, il y a trente-six heures : un astéroïde nous a heurtés et des morceaux continuent à traverser l'atmosphère. L'alerte, c'était *juste* un astéroïde », fit Romane, le sourire aux lèvres.

Louis se releva prudemment et promena un regard circonspect sur les colonnes de fumée blanche qui montaient du champ voisin, puis sur le visage radieux de Romane :

« Je peux savoir ce qui te réjouit tant dans l'idée qu'on pourrait bientôt rejoindre les dinosaures au Panthéon des espèces disparues ?

– Louis, ça veut dire que ce n'était pas une pollution chimique, tu entends ?! Pas une explosion nucléaire, pas une attaque bactériologique, pas un empoisonnement de l'air ni de l'eau. L'air qu'on respire est parfaitement sain, l'environnement est sain, ce qu'on touche, ce qu'on mange, ce qu'on boit n'a pas été pollué.

Louis se gratta la tête :

– Je n'y avais même pas pensé... Ça file le vertige, dis-donc. Tu veux dire que depuis deux jours et une nuit, on aurait pu être exposés à des radiations ou à un virus mortel sans même nous en rendre compte ?

– Le signal d'alerte aux populations peut concerner n'importe quel type de risques, alors oui, c'était une probabilité.

– Merde alors... Heureusement que nous n'avons pas eu cette conversation plus tôt, parce que je crois que j'aurais sacrément flippé. »

Romane partit d'un léger rire, qui s'acheva dans une quinte de toux déchirante. Elle fléchit soudain sur ses genoux et Louis accompagna sa chute pour lui permettre de s'asseoir en douceur.

« J'ai une idée : si je te portais aux bras, comme je portais mon vieux bulldog pétomane quand il en avait marre de marcher au retour de balade ? », proposa Louis.

Romane essaya de lui répondre mais ne parvint qu'à cracher entre ses jambes et manqua s'étouffer dans ses propres fluides. Louis attendit qu'elle ait fini d'expectorer.

« Détends-toi », murmura-t-il en passant un bras sous ses jambes et l'autre derrière ses épaules.

Elle poussa un cri de douleur au moment où le garçon la souleva, pourtant avec le plus de délicatesse possible. La respiration de la jeune femme était de plus en plus laborieuse et Louis frissonna à la pensée que Chloé ne reverrait peut-être jamais sa sœur vivante. Il s'efforça d'adresser à Romane un sourire rassurant et se permit même une plaisanterie :

« Par contre, quand tout sera rentré dans l'ordre, tu me rembourseras le pressing pour mon polo, parce que le sang, ça tache à mort. »

Romane sourit faiblement.

6

LE TRACTEUR

Chloé tremblait de tous ses membres. Quelques instants plus tôt, des boules de feu étaient passées juste au-dessus de sa tête avec un bruit d'Airbus au décollage, la décoiffant dans une tempête de poussière, de lumière et de chaleur dignes des meilleurs effets spéciaux hollywoodiens. Désorientée, elle fit un tour complet sur elle-même, à la recherche des silhouettes de Louis et de sa sœur, mais elle ne les vit nulle part. Peut-être avait-elle pris trop d'avance sur eux ou peut-être s'étaient-ils mis à couvert quand la salve avait commencé. Ou peut-être... Elle chassa cette pensée d'un geste de la main, comme on éloigne un insecte importun de son visage. Un flic et un explorateur étaient forcément plus aguerris à la survie en milieu hostile que n'importe qui d'autre. Chloé se demanda si elle devait traverser la route pour se réfugier dans les bois ou les attendre ici. Elle observa le ciel d'un air inquiet pendant près d'une minute, mais il semblait avoir retrouvé sa quiétude.

« C'était quoi, ces trucs ? lâcha-t-elle finalement d'une voix blanche. On est dans la guerre des mondes, ma parole... »

Elle fit un dernier tour d'horizon pour se repérer et se souvint de ce que Louis lui avait dit au bout du chemin de terre : « suis la route dans le sens de la descente ».

Elle décida qu'il était plus prudent de ne pas s'attarder sur place et recommença à marcher le long de la pente goudronnée. Ses jambes tremblaient encore et elle trébucha à plusieurs reprises, jusqu'à ce qu'elle aperçoive, à une centaine de mètres devant elle, ce qui lui parut être un bâtiment agricole. Bizarrement, sa première pensée fut « Pourvu qu'il y ait des vaches ! ». Elle n'avait rien mangé depuis plus de sept heures et sa langue était boursouflée par la soif. La vision du lait tiède coulant directement du pis de l'animal dans sa bouche, puis dans son estomac, la fit saliver.

Au fur et à mesure qu'elle s'approchait de l'édifice, elle aperçut un tracteur et des balles de foin sous un large préau en bois. L'endroit ne semblait pas habité. Arrivée sur les lieux, elle poussa un soupir de déception : la structure n'abritait pas âme qui vive. Pas une vache, pas une poule, pas un être humain, pas même un chien ou un chat qui aurait pu lui tenir compagnie. Elle grimpa sur le tracteur et examina le contact. La clef n'était pas dessus, naturellement, mais l'engin avait l'air en bon état. En meilleur état que les voitures de Louis et de sa sœur, en tous les cas. Elle posa les mains sur le volant, retrouvant les sensations de son enfance, quand son grand-père l'installait sur ses genoux pour aller épandre le fumier durant leurs vacances en famille dans le Finistère. Chloé descendit du tracteur et retourna ses poches : à part son téléphone portable qui ne captait toujours aucun réseau et dont la batterie menaçait de lâcher d'une minute à l'autre, elle ne trouva qu'un mouchoir en papier usagé roulé en boule. Un tracteur ne devait pas être beaucoup plus compliqué à faire démarrer qu'une voiture ou un scooter, mais il lui fallait un objet pointu. Elle parcourut le préau du regard : à première vue, rien d'intéressant ne s'y trouvait. Elle s'approcha des poteaux de soutènement et remarqua un gros clou qui dépassait de la charpente. Peut-être que ça suffirait, mais il allait d'abord falloir l'extraire du bois. La jeune fille avisa une pierre plate à quelques centimètres de son pied gauche et décida de l'utiliser comme levier. Chloé plaça le tranchant de la pierre entre la tête du clou et le bois et tira vers elle. Après plus de dix minutes d'effort, la pièce rouillée se détacha enfin du poteau. Chloé posa le clou à l'horizontal sur une surface plane et l'aplatit avec la pierre dont elle s'était servie pour l'arracher. Elle remonta ensuite sur le tracteur et utilisa le clou façonné en clef de fortune pour shunter le circuit du contacteur. Au bout d'environ deux minutes, l'engin démarra.

« Yes ! », lança Chloé à voix haute.

Elle vérifia la jauge de carburant et constata qu'elle était à un quart pleine. Chloé se mordit les lèvres : elle ignorait à quelle durée d'autonomie cela correspondait. Devait-elle rebrousser chemin pour aller récupérer Louis et sa sœur ou devait-elle en priorité tenter d'atteindre la commune la plus proche ?

7

LE VILLAGE

Les bras de Louis se tétanisaient peu à peu et il décida de traverser la route pour déposer Romane à l'ombre et faire une pause sous les feuillages. Il installa la jeune femme en position semi assise contre un arbre et sortit une bouteille d'eau, devenue tiède sous l'effet du soleil. Il approcha le goulot des lèvres de Romane, mais cette dernière tourna la tête sur le côté en signe de refus.

« Il faut que tu boives, dit Louis. Tu vas te déshydrater, sinon.

Il réessaya de la faire boire, mais elle repoussa la bouteille de sa main droite.

« Tête de mule ! Vous n'êtes pas sœurs pour rien, avec Chloé.

Romane prit une brève inspiration :

— Je vais m'étouffer, si je bois », murmura-t-elle.

Sa voix était basse et rocailleuse. Parler lui demandait un effort visible. Louis s'assit en tailleur face à elle et but les trois derniers centilitres de la bouteille en une seule gorgée. Il n'avait aucune idée de la distance qui les séparait encore de la maison la plus proche, mais il espérait que la seconde bouteille leur suffirait. Il la sortit du sac, l'ouvrit et versa quelques gouttes de liquide dans le bouchon.

« Je vais juste humecter tes lèvres », dit-il en approchant la capsule en plastique du visage de Romane.

Cette dernière le laissa faire et déglutit mécaniquement au contact de l'eau. Louis était d'un naturel optimiste, mais cette petite expédition commençait à virer au cauchemar survivaliste. Il songea tout à coup que Chloé n'avait pas emporté d'eau et se prit à espérer qu'elle avait déjà retrouvé le confort de la civilisation... à supposer que la civilisation existe encore, conclut-il en lui-même. Il perçut tout à coup un grondement qui s'amplifiait dans l'air et une lame d'angoisse lui traversa l'estomac : une nouvelle pluie de météorites s'abattait sur eux. Il regarda vers le haut avec anxiété, avant de réaliser que le bruit ne provenait pas du ciel mais de la route.

« Un moteur ! », s'écria soudain Louis en bondissant sur ses pieds.

Il se précipita au milieu du bitume et agita les bras en tous sens. Ébloui par le soleil, il ne reconnut pas tout de suite Chloé derrière le volant de la machine.

« Quelqu'un a commandé un taxi ? », demanda-t-elle d'un air crâne en s'arrêtant à sa hauteur.

Louis n'en croyait pas ses yeux :

« Où as-tu trouvé ça ?

— Un peu plus bas, dans un champ.

— Est-ce que tu as vu quelqu'un ?

— Non. Où est Romane ?

— Elle est... (il hésita) juste derrière... fit-il, le pouce par-dessus son épaule.

— Je meurs de soif, il nous reste de l'eau ?

— Bien sûr.

Chloé descendit du tracteur, laissant le moteur tourner.

— Chloé...

— Si c'est pour des excuses, pas la peine. La sale gosse est ravie de pouvoir être utile à deux adultes à l'intelligence supérieure », ironisa-t-elle.

Louis la retint par l'épaule :

« Non, attends... Ta sœur est blessée. Ça peut paraître impressionnant mais ne t'affole pas, elle tient le choc.

Chloé fronça les sourcils et l'écarta de son passage avec brusquerie :

   – Romane ! » appela-t-elle.

L'adolescente se figea quelques secondes, puis se laissa tomber à genoux à côté de sa sœur :

   « Louis, elle pisse le sang ! cria-t-elle.

   – Je sais, mais ça va s'arranger, mainte...

   – Fais quelque chose, elle pisse le sang ! hurla-t-elle, les yeux agrandis par l'horreur. Louis, tu *dois* faire quelque chose ! »

Chloé était au bord de l'hystérie et Romane leva une main pour la poser sur son poignet :

   « Calme-toi, souffla-t-elle. Ça va aller.

   – Louis... », geignit Chloé en se tournant vers lui, le regard suppliant.

Le jeune homme se sentait désarmé, mais n'en laissa rien paraître :

   « Si tu as trouvé un tracteur, c'est que nous sommes tout près des habitations. Ta sœur va bientôt être prise en charge, ce n'est plus qu'une question de minutes, à présent.

Louis s'accroupit, saisit la bouteille d'eau restée par terre et la tendit à Chloé avec un mince sourire :

   Allez, bois, ma belle... Ensuite on emmène ta sœur voir un médecin. »

Chloé saisit la bouteille d'eau d'une main hésitante. Louis l'encouragea d'un hochement de tête et la jeune fille but quatre longues gorgées au goulot. Ensuite, Louis remit son sac à dos sur les épaules et souleva Romane avec précaution. Il trouva le corps de la jeune femme étrangement atone entre ses bras. Arrivé sur la route, il installa Romane sur le siège passager et resta debout sur le marchepied, accroché à la structure.

   « Tu veux que je conduise ? demanda Louis.

   – Je grimpe sur ce genre d'engins depuis que j'ai trois ans, alors je garde le volant », répondit Chloé d'une voix nette.

Elle actionna tour à tour les deux leviers de la boîte de transmission et la machine redémarra. Louis, en position surélevée sur la plate-forme, regardait au loin s'il apercevait un signe de vie humaine. Le front plissé par la concentration, il jetait à intervalle régulier un coup d'œil à l'intérieur de la cabine. Romane était d'une pâleur extrême et luttait pour garder les yeux ouverts. Chloé crispait les mâchoires, le visage fermé, les deux mains agrippées au large volant du tracteur. Personne ne parlait. Au bout de quelques minutes, Louis frappa sur le toit de la cabine :

« Je vois quelque chose ! cria-t-il.

— Il n'y a personne, répondit Chloé sans ralentir, c'est l'endroit où j'ai trouvé le tracteur. »

Les épaules de Louis s'affaissèrent. De sa main libre, il se frotta le menton : la rugosité sous ses doigts lui rappela qu'il ne s'était pas rasé depuis trois jours. La route faisait d'interminables lacets et lorsqu'ils aperçurent enfin un panneau de signalisation au sortir d'un virage, ils se sentirent soulagés. Sous la limitation de vitesse à 30km/h, une pancarte rectangulaire annonçait « Commune de Bar-Les-Jas, ralentissez ».

Chloé roula jusqu'aux premières maisons et s'arrêta soudain, abasourdie. Sous leurs yeux se trouvait un paysage de désolation. La plupart des constructions s'étaient écroulées, une enseigne « Boulangerie » se balançait dans le vent contre une façade éventrée et une odeur d'essence flottait dans l'air.

Au sol, Louis remarqua le liquide visqueux et comprit que l'odeur venait de la station-service voisine, dont les cuves avaient débordé. Seule l'église trônait encore, apparemment intacte, au milieu du village.

Louis descendit de la plate-forme et fit signe à Chloé de l'attendre. Il s'avança jusqu'à l'église et poussa le lourd battant en chêne devant lui. Il fut surpris de trouver à l'intérieur du bâtiment des dizaines de personnes qui s'affairaient autour de lits et de tables de fortune. Sur certaines tables, des assiettes et des boîtes de conserves, sur d'autres des outils de bricolage, du linge plié et des produits de première nécessité. Des draps séchaient sur un étendoir de fortune. L'espace d'un instant, il eut la curieuse impression d'avoir débarqué dans un village vacances grouillant de touristes. Il cligna des yeux à deux ou trois reprises, le temps de laisser ses yeux s'acclimater à la faible luminosité des lieux, puis une femme remarqua sa présence et vint à sa rencontre d'un pas rapide :

« Vous faites partie des équipe de secou... ? commença-t-elle avant de s'interrompre devant les vêtements tachés de sang de Louis et son air hagard.

– Non, je... (il se passa la langue sur les lèvres). Nous sommes perdus et nous avons un blessé.

– Combien êtes-vous ?

– Trois.

Deux hommes s'étaient rapprochés d'eux durant la conversation :

– Besoin d'aide, mon vieux ? interrogea l'un des deux d'un ton aimable.

– Oui, heu... Mon amie est blessée, elle est... juste dehors... Nous avons un tracteur mais je ne sais pas si...

L'homme eut un sourire bienveillant :

– Vous n'irez pas bien loin. L'hôpital le plus proche est à plus de quatre-vingts kilomètres après le pont, au nord du village, mais ce dernier s'est effondré. Nous avons ce qu'il faut ici pour apporter les premiers soins et nous avons aussi des stocks de boissons, de nourriture et de médicaments en attendant que les secours viennent nous évacuer.

Il lui tendit la main :

Mon nom est Alban.

– Louis, répondit Louis en serrant sa main par automatisme.

– Donatien », fit le second type en tendant le bras à son tour.

Louis fut surpris par la poigne de l'homme.

« Allons chercher votre amie », fit Alban avec un geste de la main.

Louis les précéda jusqu'au tracteur. Lorsqu'elle vit les trois hommes approcher, Chloé descendit de la cabine.

« Bonjour jeune fille », fit Alban d'un ton aimable.

Il prit son visage entre ses mains avec douceur et examina son front entaillé. Déstabilisée, Chloé se laissa faire.

« Ne vous en faites pas, on va soigner votre bobo.

— Quoi ? Non, c'est ma sœur qui est blessée », réagit enfin Chloé, désignant le véhicule derrière elle.

Alban la contourna et grimpa sur la plate-forme. Il souleva les paupières de Romane, prit son pouls et décolla très légèrement le tissu souillé de sang du ventre de la jeune femme pour examiner la blessure. Romane semblait consciente, mais ne réagissait pas à ses questions.

L'homme prit sa main gauche dans la sienne :

« Serrez ma main, si vous m'entendez.

En réponse, il sentit une pression sur ses doigts.

— Vous êtes médecin ? l'interrogea Louis.

— Gastro-entérologue, répondit l'homme, toujours penché sur Romane. Ce n'est pas vraiment comme ça que j'imaginais mes congés dans le Sud de la France, mais ma foi, ça me fera des souvenirs de vacances originaux », conclut-il sans se départir de son sourire.

Il se redressa finalement :

« Père Donatien, si vous pouviez aller chercher une couverture propre à l'intérieur, on va s'en servir comme civière...

— A vos ordres, docteur, lui répondit son acolyte.

— Est-ce qu'elle va mourir ? demanda Chloé de but en blanc.

— Eh bien, jeune fille, j'ai aménagé une infirmerie de fortune dans la sacristie et j'ai déjà recousu quelques vilaines plaies depuis la catastrophe, mais je ne vais pas vous mentir, votre sœur a perdu beaucoup de sang : en l'absence de transfusion, il est possible que son cœur ne résiste pas.

— Je suis donneuse universelle.

— Chloé... intervint Louis d'une voix douce. Ils n'ont pas le matériel nécessaire pour réaliser une transfusion sur place...

— C'est à voir, dit Alban avec son imperturbable sourire. Nous avons récupéré des poches à perfusion neuves, des aiguilles et de la lidocaïne à la pharmacie. Qui ne tente rien n'a rien, de toute façon.

Chloé se tourna vers Louis et lui tira la langue :

— Na ! La sale gosse avait raison ! »

Louis secoua la tête avec un sourire indulgent. Les chances de survie de Romane étaient quasi nulles, il le savait, mais pour l'heure, Chloé avait retrouvé le sourire et c'était déjà un soulagement en soi.

« Alors comme ça, votre rhésus sanguin est O négatif ? » demanda Alban à l'adolescente.

Elle hocha la tête.

« En êtes-vous certaine ?

— Oui, j'ai été opérée de l'appendicite quand j'étais jeune et tous les examens ont été faits.

— Quand vous étiez jeune ? s'amusa le médecin sans méchanceté. Bien bien bien. Rentrons, nous allons discuter de tout ça à l'intérieur. »

Le ventre de Louis se mit à gargouiller. Il espéra que leurs hôtes allaient leur proposer à manger; n"importe quoi, pourvu que ce soit comestible. Le soleil se voilait peu à peu mais la température ambiante avoisinait encore les 30°C. A l'intérieur de l'édifice, au moins, il ferait frais.

8

L'EGLISE

Louis et Chloé étaient assis au bord d'un matelas en mousse posé à même les dalles. Pour leur permettre de se rafraîchir et de reprendre des forces, les villageois leur avaient apporté des lingettes pour bébé, des vêtements propres et une boîte de quatre-cents grammes de cassoulet froid, qu'ils se partagèrent en silence, appréciant chaque bouchée de féculents et de graisse roborative. La femme qui gérait l'intendance s'appelait Estelle. La cinquantaine, les joues rouges et les hanches larges, elle allait et venait sans s'arrêter d'une table à l'autre, pour s'assurer que chacun avait sa juste part d'eau et de nourriture. Au bout d'une quinzaine de minutes, elle s'arrêta face à Chloé et lui tendit une cannette de Pepsi :

« Tiens, mon chou, tu l'as bien mérité.

Chloé leva sur elle des yeux étonnés.

Allez, prends ! insista la femme. Avec tout le sang qu'on vient de te prélever, tu as besoin de sucre; ordre du docteur !

Chloé la remercia d'un sourire timide et décapsula la cannette :

— Tu en veux ? demanda-t-elle à Louis.

— Non merci, fais-toi plaisir. »

La jeune fille but une gorgée de liquide mousseux et se mit à tousser. Elle attendit quelques secondes puis but une seconde gorgée, puis une troisième. Les yeux fermés, elle poussa un long soupir de plaisir.

« Sympa, cette résidence de vacances, tu ne trouves pas ? », plaisanta Louis.

Chloé but une quatrième gorgée de soda et reposa la cannette sur le sol, l'air pensif.

« Romane est tout ce qu'il me reste, dit-elle soudain. Qu'est-ce que je vais faire, si elle ne se réveille pas ?

– La question n'est pas à l'ordre du jour. Et puis j'ai cru comprendre que tu vivais chez ta mère, non ?

– Mais je ne sais même pas si elle est encore en vie ! s'écria-t-elle d'un ton douloureux. Tu as vu l'état des baraques de leur *putain* de village ?! Maman est peut-être déjà morte ensevelie sous les décombres de notre immeuble ! Si Romane me lâche, je n'aurai plus personne !

Louis posa une main amicale sur son genou :

– Ecoute... D'abord, tu m'as moi. Même si on ne se connaît que depuis quarante-huit heures, je n'ai pas l'intention de t'abandonner à ton sort. Ensuite, je vais te confier un secret : ta sœur, ça fait deux jours qu'elle marche avec un bout de fer entre les côtes sans jamais se plaindre, parce que c'est une guerrière, comme toi. Alors laisse-moi te poser une question : crois-tu vraiment qu'elle va lâcher la rampe maintenant, juste au moment où nous venons de trouver de l'aide ?

Chloé s'essuya les yeux d'un revers de la main :

– T'es vraiment un salaud, siffla-t-elle avec rage. Tu étais au courant depuis le début et tu ne m'as rien dit...

– Ta sœur ne voulait pas te mettre au courant pour ne pas rendre la situation plus anxiogène qu'elle ne l'était déjà.

– T'es un salaud, répéta Chloé. D'abord tu la laisses marcher avec ce truc dans le bide pendant deux jours entiers et ensuite tu me dis qu'elle va s'en sortir alors que tu penses exactement l'inverse !

— J'ignore si elle va s'en sortir ou pas. Mais s'il y a quelqu'un capable de relever ce type de défi, c'est bien ta sœur.

— Va te faire foutre ! », hurla-t-elle à pleins poumons.

La voûte faisait caisse de résonance et la moitié de la communauté se retourna vers eux. Chloé se leva et se dirigea vers le chœur de l'église. Louis décida de ne pas la suivre : elle avait probablement besoin de rester seule. Il soupira, frotta son début de barbe entre le pouce et l'index et s'étendit sur le matelas, les muscles enfin au repos. Adossée à l'autel, Chloé se mit à pleurer en silence, les jambes repliées et le visage caché dans ses bras.

« Voulez-vous prier avec moi, ma fille ? demanda le père Donatien.

— Sauf votre respect, répondit Chloé, je ne crois pas en ces conneries. Mais merci quand même, ajouta-t-elle en reniflant, l'air embarrassé.

— Je comprends, ma fille. Dans ce cas, je prierai seul.

— Dites... fit Chloé alors qu'il s'éloignait. Est-ce que vous pouvez quand même prier pour ma sœur ? demanda-t-elle d'une voix de petite fille prise en faute.

— C'est bien ce que je me proposais de faire », répondit-il avec un sourire chaleureux.

Chloé lui rendit son sourire à travers ses larmes :

« Merci, mon père. Vous avez l'air chouette, pour un curé.

— Je suis certain que je ne serai pas le seul à prier pour votre sœur, ce soir. Comment s'appelle-t-elle, déjà ?

— Romane.

— Bien. Nous ferons donc une prière pour Romane, ce soir. »

Dehors, à une centaine de kilomètres de là, une météorite traversa le ciel et pulvérisa une cathédrale au cœur d'une ville de deux-cent-mille habitants. La roche en fusion laissa un trou noir fumant de cinquante mètres de diamètre autour du point d'impact.

A l'intérieur de l'église de Bar-Les-Jas, c'est à peine si l'écho de la déflagration dans le lointain fit dresser l'oreille à quelques personnes l'espace d'une seconde. Un chien aboya à l'extérieur.

Un peu partout dans l'hémisphère nord, des cadavres pourrissaient sous les gravats. Dans les pays touchés par la collision avec l'astéroïde géant quarante-huit heures plus tôt, certains survivants s'imaginaient encore que la catastrophe était un épiphénomène local - un événement national tout au plus - et attendaient l'arrivée des secours avec résignation, souvent avec inquiétude.

La nuit tombait dans la vallée et descendait sur la soixantaine de personnes réunies dans l'église de Bar-les-Jas. Les voix devenaient murmures, murmures à peine troublés par les miaulements contestataires d'un chat, qu'une fillette serrait dans ses bras pour s'endormir. Les femmes, les hommes, les enfants, s'immobilisaient peu à peu, pris par l'obscurité.

9

LA RADIO

En guise de petit-déjeuner, Louis avala deux biscottes avec une cuillère de miel et une tasse de café soluble froid. Les jus de fruit étaient réservés aux enfants.

Alors qu'il déglutissait sa dernière bouchée de biscotte, il remarqua qu'un attroupement se formait au fond de l'église, devant l'autel. Il essuya avec ses doigts les miettes prises dans sa barbe et se dirigea vers le petit groupe, qui observait désormais un silence religieux. Il crut d'abord que quelques paroissiens s'étaient réunis pour prier et s'arrêta net pour ne pas les interrompre, mais un grésillement indistinct capta son attention. Intrigué, il s'approcha de l'autel sans faire de bruit et étira son cou vers le haut pour essayer de voir par-dessus les têtes des villageois de quoi il s'agissait. Au moment précis où Louis entraperçut un petit poste de radio rouge posé au centre de l'autel, une voix nasillarde s'éleva dans les airs :

« Avis à la population : restez confinés, l'alerte est toujours en cours ! Les services de l'Etat font tout leur possible pour venir en aide aux populations isolées. Dans les heures qui viennent, des hélicoptères seront affrétés pour approvisionner ces dernières en eau, en nourriture et en produits d'hygiène. L'aide internationale a été demandée. La NASA poursuit la surveillance du ciel en temps réel et ses dernières observations tentent à indiquer un retour à la normale d'ici moins de trente-six heures. Les débris du corps céleste qui traversent actuellement encore l'atmosphère terrestre sont désormais d'un diamètre inférieur à dix mètres. Prochaine information avant midi. »

Alban posa une main sur l'épaule de Louis et ce dernier sursauta :

« Radio à dynamo, fit Alban. Cadeau du maire, paix à son âme.

Louis le regarda sans comprendre.

Le maire est hélas porté disparu depuis la catastrophe, mais nous avons trouvé cette radio dans le kit d'urgence de l'hôtel de ville et comme vous le voyez, elle fonctionne parfaitement. Une chance, n'est-ce pas ?

Louis hocha la tête.

De vous à moi, je doute fort que les autorités prennent le risque de faire décoller le moindre appareil aérien tant que des morceaux de roche spatiale continueront à dégringoler du ciel, mais ici, on a de quoi tenir une bonne semaine sans aide extérieure. Dès les premières heures, tous les habitants valides se sont regroupés dans l'église et nous avons organisé une collecte à travers le village pour réunir l'ensemble des ressources. L'épicier et le pharmacien ont été nos principaux contributeurs, mais tout le monde a joué le jeu. Certains ont ramené du linge de maison et des vêtements, d'autres de la vaisselle, d'autres encore de la literie et même des jouets pour enfants. Les tables et les chaises sont celles du bar-tabac, quant aux bougies, ce sont les cierges mis à disposition par notre ami Donatien.

— Bel élan de solidarité, commenta Louis.

— Je trouve aussi. Avez-vous déjà pris votre petit-déjeuner ?

— Oui, merci. Si je comprends bien, vous pensez que les secours ne sont pas près d'arriver...

Alban eut un sourire énigmatique :

— La radio nous ment, mais c'est son rôle. L'objectif n'est pas tant d'informer le peuple que d'éviter les mouvements de foule qui pourraient compliquer la gestion de la crise par les grands de ce monde. »

Louis trouvait cette théorie un brin complotiste, mais hocha poliment la tête. Le Père Donatien s'avança dans leur direction :

« Bonjour messieurs. Les nouvelles sont plutôt rassurantes, ce matin.

— En effet, mon père, répondit Alban avec courtoisie. Par prudence, il convient néanmoins de continuer à gérer avec parcimonie nos réserves d'eau et de nourriture. Il existe sans doute des populations plus en détresse que nous à travers le pays et je doute que le hameau de Bar-Les-Jas soit la principale préoccupation des autorités.

— Bien évidemment, docteur. »

Le petit groupe d'auditeurs se dispersait déjà dans l'église pour aller colporter les dernières nouvelles auprès des autres villageois. Louis prit le transistor entre ses mains et donna quelques tours de manivelle, plus par curiosité que dans une réelle volonté de recharger la batterie.

« Alors comme ça, tu es une menteuse ? chuchota-t-il contre l'émetteur. Bah moi, j'trouve que tu es une très jolie radio avec beaucoup de conversation.

Il reposa le poste au milieu de l'autel et lui adressa un clin d'œil :

Non non, inutile de rougir, je suis sincère ! A tout à l'heure ! »

10

LE CIMETIERE

Derrière un grand drap gris tendu en paravent, Alban et le père Donatien parlaient à voix basse, le visage solennel. Ils allaient devoir procéder aux derniers sacrements et à l'évacuation du corps en toute discrétion, afin de ne pas choquer les enfants présents dans l'assistance. Après un dernier hochement de tête, le médecin sortit de derrière le drap et fit signe à quelques hommes solidement bâtis de le rejoindre. Louis, un peu surpris, regarda d'abord derrière son épaule, mais dut rapidement se rendre à l'évidence : c'était bien lui que le docteur désignait de l'index. Alban répéta son geste avec une pointe d'impatience et Louis marcha finalement dans sa direction. Le jeune homme passa derrière le drap et perdit ses couleurs face au cadavre étendu sous ses yeux. Non pas qu'il fut impressionnable, mais le spectacle de la mort l'avait pris au dépourvu.

« Prions, mes frères », dit Donatien, le visage baissé.

Les autres hommes présents baissèrent la tête à leur tour et joignirent leurs mains sur leurs ventres, comme s'ils serraient un chapeau imaginaire. Louis les imita docilement, la bouche sèche et les paumes moites. Une fois la cérémonie expédiée, Alban recouvrit la silhouette étendue devant eux d'un drap blanc et se tourna vers Louis :

« Vous allez devoir nous aider à transporter le corps jusqu'au cimetière, mon ami. Je sais que ce n'est guère plaisant, mais c'est ce qu'il y a de mieux à faire pour tout le monde. »

Sans mot dire, Louis saisit un coin de la couverture sur laquelle la dépouille mortuaire reposait et attendit qu'Alban donne l'ordre de démarrer la manœuvre. Les quatre hommes soulevèrent le corps en même temps et entreprirent de traverser la nef dans un silence absolu. Tous les adultes savaient ce que dissimulait le drap, mais les enfants, eux, regardaient ce drôle de défilé avec une curiosité candide. Certains parents, par réflexe, éloignèrent leur progéniture de l'allée ou leur cachèrent les yeux avec les mains. Alban et le père Donatien poussèrent en premier les lourdes portes de l'église et, après avoir scruté le ciel, invitèrent les porteurs à sortir avec leur triste fardeau. Ils marchèrent sur environ deux cents mètres, jusqu'à un petit cimetière aux tombes encore curieusement fleuries. Louis remarqua entre les pierres tombales des mottes de terre fraîchement retournées, ainsi que des pelles et des pioches de jardinage.

« Creusons par ici », fit Alban.

Devant l'air interloqué de Louis, un des hommes lui tendit une pelle et expliqua :

« Nous ne pouvons pas laisser les morts sans sépulture, ni les garder dans l'église. C'est la sixième victime que nous déplorons depuis la catastrophe. Quatre corps ont été découverts sans vie dans les rues et les deux autres sont décédés des suites de leurs blessures. »

Louis acquiesça, sans trouver le courage de parler. Après avoir procédé à l'inhumation du corps, les six hommes repartirent vers l'église sans échanger une parole. Au moment de franchir les grilles du cimetière en sens inverse, Louis se retourna. Malgré quelques croix brisées et des angelots déchus ou décapités (sans doute suite à la catastrophe), les tombes étaient bien entretenues. Il n'y avait pas de mousse sur les pierres, les inscriptions étaient parfaitement lisibles, des chrysanthèmes multicolores et des cyclamens rouges égayaient l'endroit. Louis pensa que s'il y avait une vie après la mort, les âmes des défunts appréciaient certainement de voir leurs proches prendre soin de leur dernière villégiature avec autant de goût.

« Louis ! l'interpella Alban. Dépêchez-vous, il n'est guère prudent de s'attarder dehors par les temps qui courent. »

Louis rejoignit le groupe en quelques enjambées. Une fois en sécurité sous la nef, il s'assit à une table, les coudes en appui sur le bois verni. Il se passa les mains sur le visage et se sentit gagné par une intense fatigue. Le père Donatien vint s'attabler en face de lui :

« Voulez-vous un verre de vin de messe, mon fils ? A circonstances exceptionnelles, réconfort exceptionnel.

– Ce ne serait pas de refus, mon père », répondit Louis.

Le père Donatien se leva et revint moins de trois minutes plus tard avec un demi gobelet de vin rouge. Louis le sirota sans empressement. Il se remémora le portail en fer forgé, la terre retournée, les fleurs à peine fanées, les épitaphes et la lourdeur du cadavre au bout de ses bras. Il se frotta les joues, les doigts gourds et le cerveau embrumé. Le père Donatien s'assit en face de lui et se servit également un verre de vin.

« Dieu nous pardonne », dit-il après l'avoir avalé cul sec.

Louis ne savait pas si cette phrase se rapportait à leur petite cérémonie clandestine ou à l'alcool, aussi s'abstint-t-il de faire le moindre commentaire. Il s'était déjà aventuré au cœur de nombreux cimetières abandonnés lors de ses explorations urbaines, mais aucun ne l'avait marqué à ce point par son empreinte mystique. Si un fantôme s'était mis à lui faire la conversation, tandis qu'aidé par ses compagnons d'infortune il recouvrait le drap blanc de terre rouge, il n'en aurait pas été plus surpris que ça. Le soir, devant son assiette, il mangea sans plaisir sa demi-tomate à la croque-sel et ses quenelles de Brochet Petitjean industrielles froides. Les enfants, à la table voisine, avaient eu droit à deux tranches de saucisson sec, du gratin dauphinois William Saurin et une compote de pommes à boire Andros. Un bol de croquettes avait été posé sous un banc de prière à l'attention du chat. Un couple de personnes âgées, assis à quelques mètres de lui, récitait le bénédicité. Un peu plus loin, à l'écart du groupe, une femme d'une trentaine d'années allaitait son nouveau-né.

11

BLACK DEVIL

Black Devil poursuivait sa course à travers l'atmosphère à la vitesse de dix-huit kilomètres seconde. Les scientifiques de la NASA l'avaient baptisé ainsi en référence à la marque de cigarettes que fumait le premier d'entre eux à l'avoir repérer sur les radars, onze mois auparavant. Un premier bloc de quatre kilomètres de diamètre s'était détaché de son noyau soixante-douze heures plus tôt pour venir s'écraser dans le désert du Thar, à l'ouest du Rajasthan, formant un cratère de cent trente kilomètres de diamètre et provoquant autour de lui une onde de choc destructrice d'un rayon de six mille kilomètres. Des morceaux de roche spatiale de dix à trente mètres de diamètre continuaient à percer la troposphère sur la moitié du globe et à frapper des zones habitées, des océans, des plaines et des montagnes, modifiant le relief des continents. Pourtant, les ingénieurs savaient que l'impact le plus meurtrier était encore à venir et ils n'avaient aucun moyen de l'éviter, ou même de l'amoindrir. Black Devil était surveillé par les ingénieurs de la NASA depuis près d'un an. Sa taille exceptionnelle et sa trajectoire leur laissaient alors à penser que le risque de collision existait bel et bien mais était extrêmement faible, de l'ordre d'une chance sur un million. Les spécialistes du monde entier s'étaient penchés sur la question et un collège d'experts avait estimé que le géocroiseur ne ferait que « frôler » la Terre à une distance de deux à trois millions de kilomètres dans le système solaire. Lorsqu'ils comprirent leur erreur, il était bien trop tard pour organiser une mission de destruction ou de détournement de l'objet. D'après leurs prévisions actuelles, le noyau principal de Black Devil, d'une taille de 6,8 kilomètres de large, allait s'abattre en Sibérie méridionale dans un peu moins de cinq jours. Alertés, les dirigeants des principales puissances économiques de la planète avaient organisé une réunion de crise à distance afin de décider des mesures à prendre et du discours à tenir auprès des populations civiles. La toute première des décisions avait été d'organiser en secret l'évacuation vers l'hémisphère sud des chefs d'état et de leur famille résidant à moins de dix mille kilomètres de la zone d'impact attendue. La seconde fut de ne pas transmettre la moindre information aux médias, afin d'éviter les mouvements de foule. La troisième fut de demander la mobilisation immédiate des armées de chaque pays afin de maintenir l'ordre et de coordonner l'action des secours après la catastrophe. Le choc serait si violent que le relief du globe et le climat allaient en être durablement bouleversés. Les économistes les plus proches du pouvoir prédisaient aux membres du G20 d'importants flux migratoires vers les continents australien et sud-américain. Le monde d'avant ne serait bientôt plus, il fallait d'ores et déjà songer à bâtir le monde d'après.

Pour l'heure, Black Devil fendait la bise intersidérale dans un éclair de feu, indifférent à l'intérêt que lui portaient déjà, sans le savoir, quelques milliards de créatures, les yeux tournés vers le ciel à 7,5 millions de kilomètres de là.

Sous la surface, les fourmis consolidaient leurs galeries. Dans les airs, les goélands s'éloignaient des rivages. Au cœur des forêts, les chevreuils, les ours, les écureuils, les serpents et l'ensemble des animaux à plumes, à poils et à écailles de la planète se cherchaient un abri sûr, sensibles aux variations telluriques de leur environnement. Leur instinct les incitait à s'isoler plutôt qu'à se regrouper.

12

L'INFIRMERIE

Romane avait la bouche pâteuse et les membres lourds. Elle entrouvrit les yeux, regarda autour d'elle et s'aperçut qu'elle avait une aiguille fichée dans le bras gauche. Son regard remonta jusqu'au goutte à goutte installé sous une poche de liquide transparent suspendue au-dessus de sa tête, puis se posa sur la silhouette allongée en chien de fusil à même le sol à côté de son matelas.

« Qu'est-ce que tu fais par terre ? », marmonna-t-elle.

Chloé se redressa et attrapa fébrilement la main de sa sœur. Romane sentit le tremblement de ses doigts sur son poignet :

« Romane ?!! Tu m'entends ? », demanda la jeune fille.

Romane hocha la tête.

« Alban ! cria Chloé. Alban ! Elle est réveillée !

Romane détourna le visage, sourcils froncés :

— Ne hurle pas dans mes oreilles, Chloé, pour l'amour du Ciel...

— Pardon, s'excusa l'adolescente avec un sourire nerveux. C'est juste que...

Sa voix se brisa.

— Ne pleure pas, fit Romane en serrant sa main. Je vois qu'on t'a fait de jolis points de suture sur le front, ça a l'air propre.

—   Ouais, c'est Alban, il est... il est docteur », précisa
    Chloé, les cils humides.
Romane s'éclaircit la gorge :
    « Où sommes-nous ?
—   Dans un bled qui s'appelle Bar-Les-Jas. A l'église,
    plus précisément.
—   Et plus précisément encore dans une sacristie
    aménagée en infirmerie, fit Alban d'un ton affable.
    Comment vous sentez-vous, mademoiselle ?
—   J'ai très soif, répondit Romane.
—   Nous allons vous donner à boire. »
Alban s'accroupit à sa hauteur, testa ses réflexes
pupillaires et écouta ses battements cardiaques à l'aide d'un
stéthoscope. Il passa ensuite un brassard autour de son bras
et actionna le tensiomètre :
    « Neuf cinq, conclut-il en le retirant. C'est un peu
faiblard mais rien de dramatique. Avec un peu de repos et des
aliments solides, vous devriez vite retrouver la forme.
    Le médecin se releva, manipula le goutte à goutte
quelques secondes et sourit à Romane :
    Cette poche contient du glucose et de l'amoxicilline,
c'est un antibiotique utilisé pour traiter et prévenir les
infections post-opératoires. Interdiction formelle de vous
lever seule pour le moment. Si vous avez une envie pressante,
vous demandez de l'aide ou vous utilisez la bassine à votre
disposition sur votre gauche.
    Romane fit une grimace de dégoût.
    Je sais, ce n'est pas un sujet de conversation très
plaisant. Du coup, nous allons passer à une perspective plus
agréable. Chloé, veux-tu bien aller voir Estelle et lui
demander de préparer une collation pour notre
convalescente, s'il-te-plaît ? Soupe en brique, biscuits,
compote et soda sans bulles : tu t'en souviendras ? »
    Chloé acquiesça, l'air enthousiaste. Elle embrassa Romane
sur la joue et quitta la sacristie au pas de course.
    « Vous avez l'air surpris, fit Alban, le regard

interrogateur.

> — Ma sœur ne m'a pas vraiment habituée aux démonstrations d'affection », avoua Romane.

Les mains croisées dans le dos, le docteur hocha solennellement la tête et resta immobile une dizaine de secondes.

« Bien, je vais prendre congé pour aller voir les autres patients, reposez-vous bien. Je repasserai d'ici une heure ou deux. »

Alban disparut derrière le rideau de séparation, croisa un jeune homme avec qui il échangea quelques mots et poursuivit sa tournée d'inspection. Louis lui souhaita une excellente journée et souleva les voilages à son tour :

« Salut, belle blonde !

Romane esquissa un sourire.

Comment te sens-tu ?

> — Tel que tu me vois, je m'entraîne pour le marathon de New-York, déclara-t-elle d'une voix égale. Chloé n'a pas été trop pénible ?
> — Penses-tu ! Elle m'a seulement traité de salaud et ne m'adresse plus la parole depuis hier soir. A part ça, elle est charmante.
> — Qu'est-ce qu'elle a fait, encore ?
> — Oh ! Eh ! s'anima Louis. C'est toi, la grande blessée. Tu sors à peine de chirurgie et tu es restée dans les vapes près de vingt-quatre heures, alors occupe-toi seulement de retrouver la forme. Chloé n'a rien fait de mal, elle va très bien et moi aussi.

Romane lui sourit :

> — Tu es un amour.

Louis se sentit rougir et se gratta l'arrière de la tête, soudain embarrassé :

> — Ouais heu... Tu as besoin de quelque chose ?
> — Non merci, tu es déjà la troisième personne à me le demander.
> — Désolé. En fait, j'ai entendu Chloé appeler le doc

depuis la nef, c'est pour ça que je me suis permis de venir aux nouvelles... Bon ben... Heureux de ton retour parmi les vivants. Je reste dans le coin, fais-moi signe si tu... Enfin, fais-moi signe, quoi.

— Promis.

Louis souleva le rideau pour s'en aller.

Louis ! », le rappela Romane.

Il se retourna.

« Merci de t'être occupé de Chloé.

— Pas de quoi », fit Louis.

Il hésita, puis ajouta finalement :

« Tu sais, c'est une vedette, ici. Elle a su se faire apprécier dès notre arrivée. Tout le monde est aux petits soins, avec elle. »

En guise d'approbation, Romane leva le pouce. Elle commençait à être fatiguée de parler.

Lorsque Chloé revint avec un plateau entre les mains moins de cinq minutes plus tard, la jeune femme somnolait déjà. L'adolescente s'assit en tailleur devant le matelas, le plateau sur les genoux :

« Romane...

— Hm ? fit cette dernière, paupières closes.

— Je t'ai rapporté à boire. »

Romane ouvrit les yeux et vit que sa sœur penchait un verre de soda vers ses lèvres. Elle leva légèrement la tête et essaya de boire une première gorgée de liquide, mais elle avala de travers et se mit à tousser. Chloé reposa le verre sur le plateau, puis le plateau sur le sol. Elle se leva, vint s'agenouiller derrière sa sœur et souleva sa tête pour la poser sur ses genoux.

« Qu'est-ce que tu fais ? demanda Romane.

— Tu vas t'asseoir contre moi pour manger et boire. En position allongée, tu n'y arriveras pas. »

Romane fit de son mieux pour accompagner les efforts de sa sœur, qui essayait de la redresser contre elle sans lui imposer de mouvements brusques. Une fois assise entre ses bras, elle attendit que la douleur provoquée par les manipulations s'estompe. Par réflexe, elle porta la main droite à sa taille et fut presque surprise de ne plus sentir de proéminence sous ses vêtements. Le corps étranger avait été retiré et la plaie refermée.

« Je t'ai fait mal ? demanda Chloé d'une voix inquiète.

— Non, p'tite sœur, mentit Romane. J'ai juste le souffle un peu court.

— Louis et toi êtes de sacrés baratineurs », commenta Chloé.

Romane préféra ne pas répondre. Sans parler, Chloé attrapa le verre de soda et le présenta à nouveau devant son visage. La jeune femme mit ses mains autour du verre par-dessus celles de sa sœur et porta le récipient à ses lèvres.

« Bois doucement...

— Oui maman, se moqua gentiment Romane.

— Bois doucement », répéta Chloé, imperturbable.

Romane but à toutes petites gorgées, jusqu'à vider entièrement son verre. Elle réussit ensuite à manger seule, toujours appuyée contre sa sœur, et termina sa collation par un second verre de soda. Chloé l'aida finalement à se rallonger, arrangea l'oreiller sous sa tête et resta accroupie à son chevet le temps de s'assurer qu'elle ne manquait de rien. Romane sentait son cœur battre beaucoup trop vite dans sa poitrine et se mit à compter mentalement ses pulsations cardiaques : elle les évalua à deux-cent huit par minute. S'exprimer, se tenir assise, manger, lui avaient demandé une telle énergie qu'elle était épuisée. Elle soupira, ferma les yeux, se détendit enfin et se rendormit rapidement.

13

L'ECONOMAT

Estelle tenait l'état des stocks sur un cahier d'écolier à carreaux. A chaque distribution de linge, de nourriture, de médicaments, de boissons ou de produits d'hygiène, elle faisait une soustraction dans la marge. Avec l'arrivée des trois derniers voyageurs, ils étaient désormais soixante-huit à se partager les réserves du village. Alban et elle se réunissaient quotidiennement pour faire le point. Lors de leur dernier inventaire, ils avaient calculé qu'il leur restait suffisamment d'eau et de nourriture pour tenir quatre jours à leur rythme de consommation actuelle, sept s'ils diminuaient les rations des adultes de moitié. Ils réunirent les villageois en conseil extraordinaire et la décision fut entérinée à une courte majorité d'entre eux. Tout le monde était unanime, en revanche, sur le fait que les enfants ne devaient pas être impactés par les restrictions jusqu'à l'arrivée prochaine des secours. La radio avait annoncé ce matin que des missions de repérage et d'hélitreuillage de vivres avaient commencé à travers le pays. Elle exhortait les populations en situation critique à suspendre un linge blanc à leurs fenêtres pour se signaler. Le Père Donatien, aidé par trois autres hommes, avait accroché un large drap blanc sur le fronton de l'église.

Au frais dans le tabernacle fermé à clef, il restait trois kilos de pommes, un kilo de sucre, six kilos de boissons solubles diverses, dix-huit paquets de biscottes, trente paquets de biscuits secs, une vingtaine de bocaux et conserves, soixante bouteilles d'eau minérale, douze de jus de fruit, quatre de soda, six de vin, trois cannettes de bières et seize de boissons sans alcool variées. La farine, le riz, les pâtes, les œufs, les pommes de terre et tout ce qui nécessitait un processus de cuisson pour être consommé avaient été rangés dans le bras nord du transept. Dans l'éventualité où l'électricité serait rétablie avant la fin de l'alerte, les habitants auraient ainsi des réserves d'aliments supplémentaires à disposition.

Le soir même, Chloé vint s'asseoir à côté du lit de sa sœur, une pomme Gala entre les mains. Elle jongla quelques secondes avec le fruit et le posa au bord du matelas :
« Je n'ai plus faim. Tu en veux ?
Romane secoua la tête et lui sourit :
—   Mange ta pomme. Louis m'a gentiment donné la moitié de la sienne.
—   Oh.
Chloé avait l'air déçu.
—   A ton âge, tu as besoin de vitamines.
—   Mais toi, tu as besoin de reprendre des forces...
—   J'ai déjà mangé, Chloé, ne t'en fais pas. J'ai même fait quelques pas pour me dégourdir les jambes. Si tu veux me faire plaisir, essaie plutôt d'être aimable avec Louis : c'est grâce à son aide qu'on est toutes les deux saines et sauves. »
Chloé haussa les épaules, le visage renfrogné. Pour le repas, elle avait englouti en trois coups de fourchette ses cent-soixante grammes de salade de thon en boîte et bu un verre d'eau minérale. Elle avait encore faim, mais s'était mis en tête de partager son dessert avec sa sœur. Vexée que quelqu'un ait eu cette idée avant elle, elle croqua dans sa pomme d'un air maussade.
Assis sur un banc de prière, à vingt mètres de là, Alban s'entretenait avec le boulanger du village sur le meilleur moyen d'arriver à faire bouillir l'eau de la rivière voisine afin

de la rendre potable, faire durcir des œufs et cuire des pommes de terre. La plus grosse difficulté était de parvenir à faire un feu suffisamment important et durable pour porter l'eau à ébullition. Alban décida qu'ils ne s'y essaieraient qu'en cas d'extrême nécessité. Il voulait rester optimiste : si l'armée ou des missions humanitaires survolaient le pays en ce moment même, leur isolement ne tarderait plus à prendre fin. Ce n'était vraisemblablement plus qu'une question d'heures... de trois ou quatre jours, au maximum.

14

L'ACHILEE MILLEFEUILLE

Moins de quarante-huit heures après l'opération, Romane était capable de se lever et de marcher sans assistance. Après avoir fait sa toilette au savon de Marseille dans une bassine, elle ramassa ses cigarettes et son briquet pour aller fumer sous le porche. Au moment de glisser le tube entre ses lèvres, elle en compta quatre autres dans le paquet; autant dire que si les secours n'arrivaient pas d'ici demain, elle allait se retrouver à court de munitions. La jeune femme se mordilla la lèvre inférieure par une sorte d'automatisme. La simple pensée qu'elle pourrait être privée de tabac pendant plusieurs jours la rendait nerveuse. Elle se promit de commencer à économiser ses cigarettes dès à présent et savoura longuement celle qu'elle avait entre les doigts, yeux fermés face aux rayons du soleil. Elle tira dessus jusqu'au filtre - et quelques secondes encore après qu'elle se fut éteinte - avant de se décider à rentrer. Une fois sous la voûte, elle aperçut Chloé en train de balayer l'allée centrale de la nef. Romane s'accouda un moment au mobilier liturgique pour la regarder faire, vaguement amusée.

« C'est un amour, cette gamine, lança Estelle en passant à côté d'elle. Toujours prête à rendre service, vous pouvez être fière d'elle !

— Si vous le dites, répondit Romane avec un sourire sceptique.

– Je le dis ! », insista Estelle.

Romane hocha la tête.

« Merci pour votre accueil, en tout cas. Je ne sais pas ce que nous aurions fait sans vous.

– Eh beh, dites ! s'écria la femme avec un bel accent méridional. On n'est pas des sauvages, c'est normal de s'entraider, non ?!

– Sûrement, répondit Romane. Disons que dans mon métier, je vois plus souvent le mauvais côté des gens que le bon.

– Vous travaillez dans quoi ?

– Police judiciaire.

– Oh, je vois. Quoi qu'il en soit, ici nous sommes tous logés à la même enseigne », soupira Estelle avant de poursuivre son chemin.

Romane alla s'asseoir sur un des bancs en bois qui bordaient l'allée centrale et laissa son esprit vagabonder. Elle se demandait si leur mère était toujours en vie, si elle les cherchait, si elle était blessée, si elle était en sécurité ou non. L'immeuble dans lequel se trouvait son appartement était une construction récente, bâtie selon les normes parasismiques en vigueur depuis 2010. Il était capable de résister aux chocs, se rassura Romane. Perdue dans ses pensées, elle sursauta quand Chloé se laissa tomber sur le banc à côté d'elle.

« Ça va ? lui demanda la jeune fille d'un ton joyeux.

– Fais attention, tu as failli écraser mes clopes ! » répondit Romane avec humeur.

Chloé attrapa le paquet de Winston et le posa à sa droite :

« Là ! Il ne risque plus rien, ton précieux paquet. »

Romane se passa les mains sur le visage et posa les coudes sur ses genoux, tête penchée vers l'avant, l'air préoccupé. Chloé posa une main dans son dos et appuya le menton sur son épaule :

« J'suis là, grande sœur... », lui glissa-t-elle à l'oreille.

Un peu déconcertée par cet accès de tendresse, Romane se redressa avec un sourire forcé :

« Je sais, ma puce. Je vais bien, ne t'en fais pas. »

Chloé ne broncha pas. Comme elle restait silencieuse, Romane lui tapota la jambe d'un geste réconfortant et se remit debout pour s'étirer. Malgré le tiraillement désagréable des points de suture sur son abdomen, elle éprouvait le besoin de faire travailler ses muscles. Elle leva les bras vers le ciel, mais un bâillement involontaire l'obligea à venir mettre une main devant sa bouche. Restée assise, Chloé posa un regard morne sur son balai, en appui contre le dossier du banc opposé. L'arrivée de sa sœur avait été un bon prétexte pour interrompre son ménage et elle n'avait vraiment pas envie de s'y remettre... Dans l'angle de son champ de vision, elle aperçut Louis qui taillait sa courte barbe à l'aide d'un ciseau devant un miroir de poche. Il se lissa le menton, l'air satisfait, puis regarda dans leur direction et adressa à la jeune fille un salut amical. Chloé détourna le regard, agacée, mais Louis se dirigeait déjà vers elles.

« Romane! », appela-t-il en arrivant à leur hauteur.

Romane pivota sur elle-même pour lui faire face :

« Oui ?

— Je voudrais te montrer quelque chose à l'extérieur.

— Attends, je prends mes cigarettes.

Elle ramassa son paquet de Winston.

— Et moi, j'sens le gaz ? demanda Chloé d'un ton mal aimable.

— Je pensais que tu ne voulais plus entendre parler de ma personne, fit Louis d'un ton taquin, mais je suis ravi que tu me fasses mentir. Viens avec nous, tu es la bienvenue. »

Les trois amis sortirent sur le parvis de l'église et Louis descendit en bas des marches, l'index pointé vers un bouquet de petites fleurs blanches à longues tiges. Il se tourna vers Romane :

« Tu sais ce que c'est ?

Romane secoua la tête.

C'est de l'achillée millefeuille, une plante connue

pour ses vertus cicatrisantes.

   — Bon à savoir, répondit-elle poliment.

   — On peut la boire en décoction ou appliquer les feuilles écrasées sur des plaies pour accélérer la guérison. La sève a des propriétés antiseptiques et analgésiques.

   — Où as-tu appris ça ?

   — Ma mère était botaniste.

Louis préleva délicatement quelques feuilles de la pointe de son opinel :

Quand j'ai vu ces fleurs, tout à l'heure, j'ai tout de suite pensé à toi. Sous réserve que le doc n'y voit aucune contre-indication, je te préparerai un cataplasme à appliquer sur ta cicatrice pendant la nuit. Ça accélérera la régénération des cellules.

Il marqua un temps d'arrêt.

Sinon, ça se met aussi dans les narines pour arrêter les saignements de nez.

Le jeune homme se redressa, se fourra deux feuilles dans les narines et se mit à meugler comme une vache :

Tu aimes la tête de veau ? »

Romane secoua la tête avec un large sourire et Louis se mit à beugler de plus belle. Chloé observait son manège d'un air goguenard, bras et jambes croisés, appuyée contre l'arche en béton. Au bout d'environ une minute, elle lança :

« Laisse tomber, t'arriveras jamais à la ken, elle ne pense qu'à son job !

Romane lui envoya une claque à l'arrière du crâne et Chloé se retourna vers elle, furieuse :

   — Aïe !

   — Utilise encore ce genre de vocabulaire et tu prends la prochaine dans la figure.

Louis éclata de rire :

   — Vous me faites rire, les filles !

Il s'adressa à la cadette :

Tu peux me croire, je ne lui veux rien de la sorte, à ta sœur. D'ailleurs, j'ai déjà une copine.

Chloé hésita, soudain gênée :

— Ah... Et heu... Est-ce que tu as eu de ses nouvelles, depuis... ?

— A ton avis ? répondit Louis avec un sourire triste.

La jeune fille rougit et baissa les yeux :

— Pardon, elle était stupide, ma question. Ce que j'ai dit juste avant aussi, du coup.

— Pas grave, dit Louis. Nous sommes tous un peu déboussolés par le contexte. »

Chloé acquiesça, l'air contrarié. Elle resta quelques secondes immobiles, les mains dans les poches, puis retourna à l'intérieur de l'église sans rien ajouter. Romane attendit que la lourde porte se referme dans son dos et alluma une cigarette d'un geste machinal :

« Elle s'appelle comment, ta copine ?

— Lucie, fit Louis. Elle fait ses études à Londres. On s'est rencontrés sur les réseaux il y a deux mois, mais ce n'est pas pareil.

Romane plissa les yeux et pencha la tête sur le côté :

— Pas pareil que quoi ?

— Pas pareil qu'une relation de proximité. A distance, c'est difficile de se projeter dans son couple.

Romane hocha lentement la tête.

Et toi ? continua Louis. Tu as quelqu'un dans ta vie ?

— Non. Enfin, pas vraiment...

— Mariée à ton boulot ?

— On peut dire ça.

Elle expira un jet de fumée blanche par le nez.

Horaires de nuit, travail le week-end, astreintes, urgences... Je n'ai pas beaucoup de temps pour moi.

— Je comprends... Crois-tu que Chloé a un p'tit copain malgré son sale caractère ? demanda Louis d'un ton complice.

— Aucune idée. On ne communique pas beaucoup, en temps normal.

— C'est peut-être l'occasion de changer la donne.

Romane leva le menton vers le ciel et cracha la fumée par la bouche.

— Encore faudrait-il qu'elle le veuille. Et moi aussi, du reste. Je fais de mon mieux pour lui éviter le pire, mais elle est seule responsable de sa vie, comme je suis seule responsable de la mienne.

— Ce n'est qu'une ado, je te trouve un peu dure, pour la peine.

— C'est une ado qui boit, qui fume, qui vole et qui se fiche éperdument des répercussions que ça a sur son entourage. Après trois amendes et deux passages devant le juge pour enfants, ma mère a dû faire un emprunt pour rembourser les victimes. Et je ne te parle même pas des répercussions que ça a sur ma carrière : avoir un délinquant dans son cercle familial n'est pas franchement bien vu par la hiérarchie.

Louis acquiesça d'un air grave :

— Et votre père, dans l'histoire… ?

— Il est mort quand Chloé avait six ans. Cancer de la rate.

— Mince. Désolé.

— Ne le sois pas. C'était il y a dix ans, il y a prescription.

— Peut-être pas pour Chloé, hasarda Louis.

— Chloé a seize ans. Bien sûr qu'elle a été affectée par la mort de papa, comme maman et moi à l'époque, mais ce n'est pas une excuse pour refuser de prendre sa vie en main aujourd'hui.

— Tu sais... elle tient énormément à toi. Elle me l'a dit et... elle a eu très peur de te perdre.

— Je n'en doute pas, fit la jeune femme, sa cigarette toujours entre les doigts. Je tiens aussi à elle, c'est ma sœur. Mais nos rapports sont compliqués. Nous n'avons ni le même langage, ni la même vision de la société.

— C'est peut-être simplement lié à votre différence d'âge.

Romane eut un pâle sourire :

— Quand j'avais son âge, je ne traînais pas avec des gus au casier judiciaire long comme le bras, je ne volais pas de scooters pour m'acheter de l'herbe et je n'allais pas me soûler à la vodka dans des squats.

Elle tira sur sa cigarette, avant d'ajouter dans un nuage de fumée :

Accessoirement, je n'insultais pas ma mère et je respectais   mes aînés. »

Sa phrase à peine achevée, Romane baissa les yeux sur son paquet de Winston et se réprimanda en pensées :

« Eh merde ! Plus que trois... Il faut vraiment que je fasse attention... »

15

L'IMPACT

Il était environ dix-sept heures quand le sol se mit à trembler. Une vibration légère tout d'abord, puis de plus en plus forte. Tout à coup, des hurlements retentirent dans l'église. Un souffle puissant venait d'ébranler l'édifice, brisant plusieurs vitraux et renversant une statue de la vierge Marie, dont la tête s'était fracassée sur les dalles dans un nuage de plâtre. Instinctivement, Romane leva les yeux vers la voûte. Une épaisse brume grise s'infiltrait par les vitraux éventrés et s'accumulait peu à peu sous la coupole. Au fur et à mesure que la brume descendait, une sorte de neige collante tombait sur les cheveux et les vêtements. Romane écrasa un peu de cette matière entre le pouce et l'index pour l'examiner de plus près : c'était de la cendre. Quelqu'un heurta violemment son épaule et elle faillit perdre l'équilibre, mais le fautif n'avait pas même ralenti. Un mouvement de panique gagnait l'assistance. Certains villageois se pressaient déjà vers les portes pour sortir du bâtiment, tandis que d'autres se jetaient sous les meubles.

« N'ouvrez pas les portes ! », cria Romane, soudain consciente du danger.

Perdu au milieu du chaos, son appel ne fut pas entendu. L'ouverture des battants en chêne créa un appel d'air et un nuage de cendres s'engouffra dans la nef. Romane souleva le bas de son T-shirt pour protéger son nez et sa bouche avec le tissu. Elle chercha Chloé du regard, mais ses yeux se remplissaient déjà de larmes sous l'effet irritant de la fumée, qui devenait de plus en plus opaque. Elle fit quelques pas en avant, se cognant aux gens qui couraient, aux tables et aux chaises renversées. Romane avançait presque à l'aveugle. Elle crut entendre son nom et se dirigea à tâtons vers l'origine de la voix. Agenouillée au milieu d'une allée, Chloé était en train de suffoquer, les deux mains autour de la gorge. Romane s'accroupit à ses côtés, l'attrapa par les cheveux sans ménagement et lui cria à l'oreille :

« Couvre-toi le visage ! »

Chloé, sous l'empire de la panique, n'arrivait pas à reprendre son souffle. Romane lui plaqua sur la figure un pan de son propre T-shirt et la jeune fille se débattit violemment.

« Chloé ! hurla Romane. Chloé, calme-toi ! Respire à travers le tissu…

Chloé cessa bientôt de se débattre et la regarda, les yeux rouges et écarquillés.

Respire…   répéta   Romane   d'une   voix   posée. Lentement…»

Chloé sembla enfin prendre conscience de sa présence et déglutit une première fois. Romane l'encouragea d'un hochement de tête et lui fit signe de remonter le col de son T-shirt sur son nez. La jeune fille s'exécuta, avala à nouveau sa salive et s'efforça de respirer calmement. Romane posa une main entre ses omoplates pour l'inciter à s'allonger et s'étendit à plat ventre auprès d'elle : au ras du sol, l'air était plus respirable. Chloé, la joue contre la pierre, interrogeait sa sœur du regard, dans l'attente de consignes.

Romane ferma les yeux pour se concentrer. Elle étudiait mentalement leurs options de repli quand elle sentit quelqu'un la tirer par le bras. Un mouchoir appliqué sur le bas du visage, le père Donatien lui faisait signe de le suivre. Romane remarqua que plusieurs silhouettes s'étaient déjà regroupées derrière le prêtre. Sans plus réfléchir, elle attrapa sa sœur par la main et suivit le mouvement. La petite troupe marcha à travers la fumée jusqu'au fond de l'église, toussant, crachant, se bousculant involontairement. Le père Donatien déverrouilla une première grille, dissimulée sous une arche du chœur, et Romane repéra des escaliers qui s'enfonçaient dans la pénombre. Le religieux descendit au bas des marches, déverrouilla une petite porte en bois et fit rentrer dans la chapelle tous ceux qui le suivaient. Il referma ensuite le panneau derrière lui et prit une grande inspiration. Ici, l'air était respirable. Chloé s'ébouriffa les cheveux pour disperser la cendre et se décrassa sommairement le visage avec le bas de son T-shirt. Elle cracha un jet de salive grisâtre dans ses mains, puis les regarda d'un air dégoûté, avant de les essuyer sur son pantalon. Enfin, elle promena un regard circulaire sur la vingtaine de personnes qui se trouvait autour d'elle.

« Où est Louis ?

– Je n'en sais rien, répondit Romane.

– Tu crois qu'il va bien ?

– Je n'en sais rien, répéta Romane.

– Il faut aller le chercher, il ne doit pas être bien loin ! », fit Chloé en se dirigeant vers la porte d'un pas décidé.

Romane voulut la retenir par le bras, mais Chloé se dégagea et tira sur la large poignée en bronze de toutes ses forces, sans résultat.

« Ma fille, si vous ouvrez cette porte, vous nous condamnez tous, dit le père Donatien d'une voix grave.

– On ne peut pas laisser les autres dehors ! protesta Chloé, toujours arc-boutée sur la poignée.

– Cette porte est fermée à clefs, mon enfant. Vous vous épuisez pour rien.

– Alors rouvrez-la ! aboya-t-elle. Vous êtes un homme de Dieu, non ?! Je suis sûre que votre religion à la con vous interdit de laisser mourir les gens !!!

Romane agrippa sa sœur par les épaules et la força à se retourner :

– Chloé, regarde-moi ! Louis a certainement trouvé un

endroit où se mettre en sécurité avec les autres. Nous irons le chercher quand les cendres seront retombées. En attendant, nous devons tous rester enfermés ici et ne surtout pas laisser entrer l'air extérieur. Est-ce que tu comprends ?

— Mais s'il a besoin d'aide...

— Mortes, nous ne lui serons d'aucune utilité », l'interrompit Romane.

Chloé baissa les yeux, soudain silencieuse, les bras ballants. Plus personne ne parlait. Estelle, jusqu'alors en retrait derrière le prêtre, s'approcha d'elle et la serra sur sa poitrine comme on berce un enfant :

« Ne t'angoisse pas, mon chou, ça va aller. Pour tout le monde, j'en suis convaincue. »

Romane croisa le regard las d'Alban et fut envahie à son tour par une immense fatigue. Elle s'assit contre un pilier, la tête en arrière et les jambes étendues devant elle. Elle songea qu'elle n'avait pas emporté ses cigarettes, qu'il n'y avait probablement ni eau ni nourriture dans la crypte et que si le nuage de cendres au dehors ne se dissipait pas d'ici vingt-quatre heures, ils mourraient tous de déshydratation ou d'asphyxie.

16

LE JOUR D'APRES

Une faible luminosité filtrait à travers les fenêtres de la chapelle. A moitié enterrées, ces minuscules fentes taillées dans la roche étaient couvertes de poussière grise. Alban et le pharmacien se portèrent volontaires pour remonter dans l'église faire un premier état des lieux et récupérer de l'eau et des vivres. Le père Donatien entrouvrit la porte en bois pour les laisser passer et referma derrière eux. Vingt minutes plus tard, trois coups puissants retentirent contre la porte. Le père Donatien tourna la clef dans la serrure et le battant s'ouvrit avec lenteur. Les deux hommes avaient le visage sombre et les mains vides. Tous les regards se tournèrent vers eux.

« Quelles sont les nouvelles ? demanda le père Donatien en refermant le panneau de bois dans leur dos.

— Là-haut, l'air est respirable, même s'il y a encore beaucoup de poussière en suspension, dit le pharmacien.

— Avez-vous croisé quelqu'un ?

— Personne de vivant. »

Une jeune femme qui avait été séparée de son époux pendant la cohue éclata en sanglot. Chloé serra les poings, le visage fermé.

« Pensez-vous qu'il soit opportun de remonter ? interrogea le prêtre.

— Il le faut, répondit Alban. Le tabernacle a été fracturé,

les réserves d'eau et d'aliments ont été pillées et le tracteur de nos amis a disparu. »

Le silence se fit. Il dura une dizaine de secondes.

« Pensez-vous qu'un membre de notre paroisse aurait pu partir avec l'eau et la nourriture en nous abandonnant ici ? murmura Donatien d'un ton incrédule.

– J'en ai bien peur, mon père. Et sans doute n'était-il pas seul pour parvenir à emmener de telles quantités de vivres avec lui.

– Ceux qui ont fait ça ne savaient pas que nous étions cachés sous leurs pieds, commenta Estelle.

– Ça n'a pas d'importance. Il va falloir nous aventurer à l'extérieur pour trouver de nouvelles ressources. Peut-être rencontrerons-nous d'autres survivants avec qui mettre nos efforts en commun.

– Ne devrions-nous pas plutôt rester ici ? fit le père Donatien. Avant-hier, à la radio, ils disaient que les secours allaient bientôt arriver.

– Les secours n'arriveront pas, fit Romane. Aucun appareil aérien ne peut décoller dans des conditions atmosphériques pareilles.

– Notre amie a raison, confirma Alban. Les secours n'arriveront pas avant plusieurs jours, voire plusieurs semaines. Nous ne pouvons compter sur aucune aide extérieure pour le moment.

– Que suggérez-vous ? demanda un vieil homme aux sourcils jaunis par l'âge.

– Il y a une ferme-auberge à seize kilomètres vers le nord, intervint Estelle. Elle est située en bordure de rivière.

– Merci, Estelle, commenta Alban. Une ferme-auberge en haute saison a forcément des réserves d'eau et de nourriture pour accueillir sa clientèle. La rejoindre d'ici ce soir me paraît être un objectif raisonnable. Qu'en pensez-vous, les amis ?

– Et si tout était détruit ? demanda le vieil homme, le

front ridé par l'inquiétude. S'il n'y avait plus personne, ou s'ils n'avaient pas de quoi nous accueillir ? Nous sommes nombreux et nous ignorons combien ils pourraient être.

— J'ai foi en Notre Seigneur et en la charité humaine, fit le père Donatien. Quelle que soit la situation sur place, nous serons mieux armés pour l'affronter à plusieurs et chercher des solutions.

— Je propose un vote à main levée, reprit Alban. La majorité l'emportera. Qui est d'accord pour tenter de rejoindre la ferme ? »

Les mains se levèrent une à une, certaines avec plus de timidité que d'autres. Au final, tout le monde approuva.

« Bien, conclut Alban. Remontons chercher quelques affaires et allons-y. »

17

LA MARCHE

C'est avec crainte et fascination que les rescapés, sur le seuil de l'église, découvrirent un paysage uniformément gris à perte de vue. Le ciel avait la couleur du plomb et tout était recouvert d'une épaisse couche de cendres. Leurs pas laissaient sur le parvis de profondes empreintes, comme des bottes dans de la neige. Derrière et autour d'eux gisaient les cadavres d'hommes, de femmes et d'enfants qui n'avaient pas eu le temps de se mettre à l'abri. Personne ne parlait. Les survivants se regardèrent quelques secondes, puis Alban fit un geste de ralliement et la troupe se mit en route à sa suite dans un silence absolu.

Les particules de cendres en suspension dans l'air et la lourdeur du sol gras sous les pieds rendaient la progression difficile, d'autant que la cohorte avançait au rythme des plus faibles, enfants, personnes âgées et malades. Romane, privée de ses cigarettes, cueillait des brins d'herbe à intervalle régulier, soufflait dessus pour faire s'envoler la cendre et les coinçait entre ses lèvres en guise de substitut. Après deux heures de marche, le groupe fit une première halte au bord de la rivière. Certains se risquèrent à boire un peu d'eau polluée par la cendre dans le courant, d'autres préférèrent s'abstenir. Chloé commençait à avoir faim. La sueur lui coulait dans les yeux et son ventre gargouillait. A la seconde halte, une fillette de sept ans, la plus jeune du groupe, se mit à pleurer parce qu'elle ne voulait plus avancer ; son père la fit grimper sur ses épaules et reprit la route, le dos voûté sous un ciel lourd. Le soleil commençait déjà à décliner lorsqu'Alban buta dans une boîte en fer vide au milieu du chemin. Intrigué, il s'accroupit pour la ramasser et la leva à hauteur d'œil. C'était un emballage de sardine à l'huile. Il le dissimula sous les feuilles sans en parler aux autres et se remit à marcher, tous ses sens aux aguets.

Au bout d'une vingtaine de minutes, se détachant dans la semi obscurité, une tâche claire au milieu de la végétation grise attira son attention.

« Il y a quelqu'un ! », lança une voix en tête du cortège. »

Alban pressa le pas pour remonter la file des marcheurs et s'aperçut que la forme claire qui se détachait entre les arbres était une toile de tente. Devant cette dernière se tenait un homme barbu en pantalon de baroudeur et chaussures de randonnée. Ce dernier vint à leur rencontre, sourire aux lèvres.

« Louis ! s'écria Chloé en se jetant à son cou.

— Salut, sale gosse ! répondit Louis en lui rendant son accolade.

— Content de te retrouver, fit Romane avec un mince sourire.

— Moi aussi, les filles. J'avais fini par croire que je ne vous reverrais jamais.

— Quelle bonne surprise, mon ami ! », s'exclama Alban.

Louis tapota gentiment les omoplates de Chloé :

« Tu veux bien me lâcher, miss ? J'ai besoin de respirer.

Chloé fit un pas en arrière.

— Etes-vous seul ? demanda Alban.

— Oui. Un homme et une femme étaient avec moi, mais ils sont partis par la nationale hier matin avec le tracteur.

— Pourquoi ne pas être parti avec eux ?

Louis jeta un bref regard en direction des deux sœurs :

– J'espérais qu'il y avait d'autres survivants.

– Est-ce vous qui avez fracturé le tabernacle ?

– Le couple avec lequel j'étais a récupéré ce qu'il y avait dans le garde-manger, oui. Ils pensaient que nous étions les seuls à avoir survécu. Ils m'ont laissé une bouteille d'eau et six boîtes de conserve, avant de me souhaiter bonne chance et de s'en aller. Et vous, avez-vous trouvé de la nourriture ?

– Nous n'avons aucune réserve, mais nous faisons route vers une ferme-auberge qui ne doit plus se situer qu'à une dizaine de kilomètres au nord, à présent. Nous espérons y trouver d'autres personnes et de quoi manger.

– Il me reste encore quatre boîtes et je n'ai pas très faim. Si vous voulez vous les partager, je vous les offre de bon cœur.

– Bonne idée ! s'écria Chloé. J'ai une dalle d'enfer !

– Eh bien, mon ami, c'est également de bon cœur que nous acceptons votre proposition », conclut Alban.

Assis en rond, les adultes divisèrent les portions en parts égales. Seule la fillette de sept ans eut droit à une boîte entière de fruits au sirop. Elle mâcha avec application, sans se presser, avant de boire le jus jusqu'à la dernière goutte. Dans la première moitié du cercle circulait du gratin dauphinois; dans la seconde, du petit salé aux lentilles. Quand vint son tour, Chloé plongea les doigts dans la boîte de conserve et s'entailla les phalanges sur le rebord métallique sans même s'en rendre compte. Elle porta à sa bouche le mélange salé de lentilles et de sang et l'avala sans mâcher.

« Chloé...

– Quoi ? postillonna la jeune fille.

– Mange doucement, sinon tu auras encore faim dans deux minutes.

Chloé s'essuya la bouche d'un revers de poignée et tendit la boîte devant elle :

— Tu en veux ? »

Romane secoua la tête et l'adolescente se remit à manger sans se faire prier, raclant le fond avec ses ongles sales, tapotant sur la ferraille pour décoller la sauce figée sur les parois. Une fois la dernière bouchée avalée, elle alla jusqu'à la rivière pour se laver les mains et boire un peu d'eau sablonneuse qui lui râpa la gorge et la fit tousser.

18

LE GITE DU CABRIS

Lorsqu'ils aperçurent la bâtisse à l'horizon, les marcheurs s'arrêtèrent pour se rassembler. Après une rapide concertation, il fut décidé qu'Alban serait leur porte-parole : il était médecin, il s'exprimait bien et avait une attitude posée qui inspirait la confiance.

Arrivé à quelques mètres du panneau en bois gravé « Gîte du Cabris », le petit groupe se figea sur place. Face à eux se tenait un homme en bleu de travail, un fusil pointé dans leur direction à hauteur de hanche. Par réflexe, Romane attrapa sa sœur par le bras et la ramena derrière elle, mais Chloé se déporta aussitôt sur sa droite pour observer la scène. Louis vit son mouvement du coin de l'œil et pria intérieurement pour que l'adolescente n'ouvre pas la bouche.

Alban leva les mains en signe d'apaisement :

« Holà, l'ami, nous cherchons simplement de l'aide. Nous ne sommes pas armés et n'avons rien à voler.

— Vous trouvez que j'ai une tête de voleur ? fit l'homme au fusil, le regard impavide.

— T'as surtout une tête de con », marmonna Chloé, dents serrées.

Louis toussa bruyamment dans son poing. L'homme au fusil lui jeta un coup d'œil suspicieux, avant de reporter son attention sur Alban :

« D'où venez-vous ? demanda-t-il, toujours

immobile.

    — Du village de Bar-Les-Jas. Il y a des femmes et des enfants, parmi nous.

Le père Donatien risqua un pas vers l'avant :

    — Bonjour, Mon Fils. Nous nous sommes vus sur la place du marché, à Noël dernier : vous aviez eu la gentillesse de participer à notre vente de charité au bénéfice des anciens de la paroisse.

L'homme baissa son fusil et son visage se détendit :

    — Bonjour, Mon Père. Navré, je ne vous avais pas reconnu. Les circonstances nous obligent à la prudence, j'espère que vous le comprenez.

Donatien hocha la tête.

    Mon nom est Nathaniel et ma femme s'appelle Linda. Nous avons actuellement une dizaine d'hôtes, dont deux familles avec des enfants. Suivez-moi, je vais faire les présentations. Ensuite nous nous poserons au calme pour évoquer la situation. »

Nathaniel cassa son fusil et marcha vers les bâtiments. La petite troupe le suivit dans un brouhaha de soulagement. Arrivés dans la cour, ils firent la rencontre de Linda, de la dizaine de touristes étrangers hébergés sur le site et de Tom le chien de berger, qui se dandinait au milieu des visiteurs, soulevant autour de lui de petits nuages de cendres. Chloé, tout sourire, s'accroupit pour grattouiller le mufle gris de l'animal. Alban salua la maîtresse de maison par une formule de courtoisie banale, puis adressa aux autres personnes présentes un hochement de tête poli. Romane serra quelques mains, un sourire crispé sur le visage : elle avait une furieuse envie de demander à la cantonade si quelqu'un pouvait la dépanner d'une cigarette ou deux, mais s'abstint de le faire pour ne pas paraître impolie.

Une fois les présentations terminées, Linda invita ses hôtes à s'asseoir à la grande table en bois brut qui servait aux repas collectifs et leur apporta à boire. Nathaniel leur expliqua qu'ils vivaient ici en quasi autonomie depuis plusieurs années, grâce à leur puits, leurs bêtes qui leur fournissaient lait, viande et œufs et leurs serres qui abritaient plusieurs variétés de fruits et de légumes. Pour éclairer la cour et faire bouillir de l'eau depuis la catastrophe qui les avait privés d'électricité, ils allumaient un immense brasier dans un foyer en pierres sèches. Ils avaient six chambres d'hôte, dont une seule était encore disponible, mais avec l'aide de volontaires, ils pourraient réparer le hangar, dont deux poteaux sur quatre s'étaient brisés après la dernière onde de choc, pour le mettre à disposition des nouveaux arrivants. Pour ce soir, il fut convenu que les clients du gîte partageraient leurs chambres avec les visiteurs, même si cela signifiait que ces derniers devraient dormir sur le sol avec des couettes et couvertures en guise de matelas. Avant de s'atteler à la préparation du dîner, le propriétaire fit visiter les lieux à ses invités. Il leur montra la salle commune du gîte, l'emplacement des chambres, comment accéder à la rivière pour faire leur toilette et comment actionner la pompe manuelle du puits pour en tirer de l'eau potable.

Moins de deux heures plus tard, le repas fut servi et pris en commun. Il y avait du pain, des œufs durs, du fromage, des tomates, des haricots verts, du poulet à la broche, des pommes de terre bouillies et une grande salade de fruits frais. Les flammes qui montaient vers le ciel à quelques mètres de la table illuminaient les visages et réchauffaient l'atmosphère.

Une fois les ventres remplis, seules quelques personnes restèrent discuter autour de la table. Nathaniel, après avoir remis des bûches dans le foyer, proposa aux enfants d'aller dire bonne nuit aux chèvres, aux poules et aux lapins, dont la moitié avait hélas péri pendant la catastrophe.

« Bienvenue chez les bouseux ! », ricana Chloé.

Romane leva les yeux sur elle et l'adolescente soutint son regard :

« Quoi ? », lança-t-elle, menton en avant.

L'aînée se leva et l'invita à la suivre d'un signe de tête. Chloé soupira et se redressa à son tour. Elles marchèrent en silence sur une vingtaine de mètres.

Une fois à l'écart du groupe, Romane s'arrêta et se tourna vers sa sœur, l'index pointé dans sa direction :

« C'est la seconde fois que tu manques de respect à nos hôtes et c'est deux fois de trop. Est-ce que je me fais bien comprendre ?

Chloé, occupée à rajuster la bretelle de sa salopette sur son épaule, semblait ne pas se sentir concernée par la conversation.

Je te parle... insista Romane.

— J'ai entendu.

— Ils nous ont offert le vivre et le couvert, alors respecte-les, s'il-te-plaît.

— Je ne vois pas pourquoi je respecterais un mec qui nous a accueillis fusil à la main.

— Tu fais bien d'en parler ! Tu trouves intelligent d'insulter quelqu'un qui pointe une arme à feu dans ta direction ?

— Il ne m'a même pas entendu, grogna Chloé. De toute façon, il bluffait.

— Qu'est-ce que tu en sais ? Tu aurais pu tous nous faire tuer, Chloé !

L'adolescente se recoiffa du bout des doigts.

— C'est bon, il ne s'est rien passé, pas la peine de t'exciter...

Romane perdit son sang-froid et agita les mains :

— STOP ! J'en ai marre ! J'en ai marre que tu ne prennes jamais rien au sérieux ! J'en ai marre de ton égoïsme ! J'en ai marre de ton immaturité ! Ce n'est PAS un jeu ! Grandis, bordel ! Tu m'emmerdes, Chloé ! TU M'EMMERDES !

Sans même s'en rendre compte, elle s'était mise à hurler.

— Tu devrais te détendre, tu vas nous faire un anévrisme », commenta l'adolescente d'un ton goguenard, les mains enfoncées dans les poches de sa salopette.

Romane eut une soudaine envie de la gifler. Elle ferma les yeux, prit une grande inspiration et souffla lentement avant de joindre les mains devant sa bouche.

« Si seulement tu pouvais te lever un matin avec l'ambition de te prendre en charge... C'est usant de devoir sans arrêt régler les problèmes que *tu* te créées.

— Les seules personnes que j'ai jamais emmerdées avec mes problèmes, ce sont les infirmières du planning familial, rétorqua Chloé, les mains toujours dans les poches. On a fini ?

L'aînée leva les yeux au ciel :

— Oui, restons-en là, c'est préférable. Par contre, je ne veux plus rien entendre sortir de ta bouche d'ici demain matin à part « merci » et « bonne nuit ». Et ne teste pas ma patience, je ne suis pas en état de prendre sur moi. »

19

NUIT A LA FERME

A la demande d'Alban, Romane avait pu dormir avec sa sœur dans la dernière chambre libre du gîte. Avant d'aller faire un point avec Nathaniel sur l'organisation de la communauté, le médecin avait examiné la jeune femme et refait son bandage. La cicatrice était propre, mais il ne voulait prendre aucun risque. L'organisme de Romane avait été mis à rude épreuve, ces derniers jours : hémorragie, anesthésie, privation d'eau et de nourriture, intoxication à la fumée, stress intense, le tout couronné par plusieurs kilomètres de marche... Qu'elle tienne encore debout relevait presque du miracle, avait pensé Alban tandis qu'il l'auscultait.

Satisfait de l'état général de sa patiente, le médecin referma sa trousse de soins et lui recommanda de limiter au maximum tout effort physique dans les prochains jours.

Après son départ, Romane s'étira longuement, se mit en sous-vêtements et se glissa sous les draps. Elle s'endormit en quelques minutes. Chloé s'allongea à côté d'elle par-dessus le couvre-lit et contempla le plafond blanc, mains croisées derrière la tête.

Quand Romane rouvrit les yeux le lendemain matin, elle mit quelques secondes à réaliser qu'elle était dans un lit. Elle cligna des yeux plusieurs fois, un peu désorientée.

« Bien dormi ? », lui demanda Chloé, assise en tailleur sur

le matelas.

Romane se redressa à son tour et se passa les mains sur le visage :

« Comme un loir. Et toi ?

— Ouais. C'était super cool de dormir dans un vrai lit.

L'aînée hocha la tête, encore mal réveillée.

Je réfléchissais à un truc, reprit Chloé... Il doit y avoir pleins d'autres survivants, dans les villes. Peut-être même du Wi-Fi, de la 5G, des moyens de transport encore fonctionnels... Et puis là-bas, on aurait des informations sur ce qu'il se passe dans le reste du monde. »

Romane ne fit aucun commentaire. Les jambes repliées sous le menton, elle avait les épaules voûtées et regardait fixement la forme de ses pieds sous les draps.

« Combien de temps va-t-on rester ici ? demanda l'adolescente.

— Au moins jusqu'à ce que les services de liaison soient rétablis, je suppose.

— Et ça peut prendre combien de temps, à ton avis ?

— Aucune idée. Pour l'instant, nous avons un abri, de l'eau potable, de la nourriture et des gens pour nous aider, c'est le plus important.

— Pourquoi est-ce qu'on n'essaierait pas de rejoindre maman ?

— Nous ne savons même pas où elle se trouve, ce serait du suicide.

— Alors ton plan, c'est d'attendre ici qu'une météorite nous tombe sur la gueule ?

— Je n'ai aucun plan.

— Tu as forcément un plan ! C'est toi l'adulte, tu sais toujours quoi faire !

Romane eut un faible sourire :

— De moins en moins, Chloé, dit-elle sans lever les yeux.

— J'ai confiance en toi, grande sœur.

L'aînée émit un rire sarcastique :

–   Tu m'excuseras, ça ne m'avait pas sauté aux yeux.

–   Ne dis pas n'importe quoi ! Tu as toujours veillé sur moi et tu vas continuer à le faire parce que j'ai besoin de toi ! Tu n'as pas le droit de baisser les bras !

–   Tu es tout à fait capable de te débrouiller seule, Chloé. Arrête de me prêter des qualités que je n'ai pas et fais un effort pour développer les tiennes.

L'adolescente se tut quelques secondes.

–   Crois-tu que des gens nous recherchent ?

–   Je n'en ai pas la moindre idée.

–   Peut-être que maman a pu prévenir les secours de notre disparition, tu ne penses pas ?

–   Arrête de me harceler avec tes questions, je n'en sais pas plus que toi. »

Romane repoussa les draps et posa les deux pieds à terre. Elle attrapa son T-shirt, l'enfila et remit ses cheveux en place par-dessus. Une fois debout, elle se tourna vers sa sœur :

« Chloé...

L'adolescente la regarda.

Merci d'être revenue nous chercher sur la route, Louis et moi. Sans toi, je ne serais plus de ce monde.

Chloé baissa la tête, l'ai embarrassé :

–   Si tu ne m'avais pas aidée à sortir du squat, tu n'aurais pas été blessée.

Romane lui adressa un mince sourire :

–   Un partout, balle au centre, alors ?

–   Ouais, on va dire ça, répondit la jeune fille en se frottant la nuque.

–   Je vais faire un brin de toilette à la rivière. On se retrouve à la grand-table pour le petit-déjeuner ? »

Chloé hocha la tête et se rallongea sur le lit, l'air pensif. Romane finit de s'habiller en silence. Elle jeta machinalement un coup d'œil dans le miroir brisé de l'entrée avant d'aller ouvrir la porte.

« Romane...

Elle se retourna, la main sur la clenche.

– Quoi encore ? soupira-t-elle.

– Est-ce que tu crois en Dieu ?

La jeune femme hésita :

– C'est une question complexe. Je crois qu'il y a autour ou au-dessus de nous une force qui exerce une influence sur nos vies. Qu'on l'appelle Dieu, le destin ou la nature importe peu.

– Moi, je ne crois pas à toutes ces fables. La multiplication des pains, la résurrection, l'Enfer, le Jugement Dernier... c'est n'importe quoi.

Romane sourit à demi :

– C'est ça qui te fait peur ? L'Apocalypse et le Jugement Dernier ?

– Je n'ai peur de rien, encore moins de ce qui n'existe pas. Croire à ça ou au Père Noël, c'est bon pour les mômes et les faibles d'esprit. »

L'aînée hocha la tête d'un air méditatif. Elle resta immobile quelques secondes, puis relâcha la poignée de la porte pour se tourner entièrement vers sa sœur :

« Dis-moi... Qu'est-ce que tu allais faire, au planning familial ? »

Chloé haussa les épaules sans répondre.

Romane patienta quelques secondes, avant de répéter un ton plus haut :

« Chloé, qu'est-ce que tu allais faire au planning familial ?

– Si je réponds à ta question, j'aurai le droit de t'en poser une ?

– Tu viens de le faire. Réponds à la mienne, maintenant.

– Très drôle… Alors ?

Romane s'efforça de cacher son agacement :

– Bien sûr, dit-elle d'un ton mesuré.

– Je n'avais plus mes règles depuis deux mois.

L'aînée pencha la tête sur le côté, sourcils froncés :

– Et ?

   — Il faut vraiment que je te fasse un dessin ? demanda Chloé d'un ton agressif.

   — Tu es enceinte ? demanda Romane, stupéfaite.

   — Plus maintenant.

   — Comment ca, *plus maintenant* ?

   — C'était il y a deux ans.

   — Il y a deux ans ? Mais tu avais quatorze ans, Chloé !

   — Ouais, j'avais quatorze ans et j'ai fait une IVG. Fin de l'histoire.

Romane garda la bouche ouverte pendant quelques secondes, avant de recouvrer la parole :

   — Tu es en train de me dire que tu avais des rapports non protégés à l'âge de quatorze ans ?

   — Ce n'était pas voulu, bredouilla Chloé, la tête rentrée dans les épaules.

   — Pas voulu... Tu veux dire que c'était un accident ou... ?

   — J'voulais pas avoir de rapports avec ces types, j'étais juste allée chez eux pour boire une Despé après les cours. J'avais même pas de p'tit copain, à l'époque...

Romane se sentit légèrement étourdie, comme si elle venait de se cogner dans un mur :

   — Est-ce que... Est-ce que maman est au courant ?

   — Non.

   — Chloé…

   — Je sais, je l'avais bien cherché, je suis la honte de la famille, si papa me voyait il se retournerait dans sa tombe et bla bla bla et bla bla bla... »

Romane secoua la tête, les yeux soudain embués. Elle n'arrivait pas à intégrer ce qu'elle venait d'entendre. Elle avait conscience qu'elle se *devait* de réagir, de dire ou de faire quelque chose *maintenant*, mais elle en était incapable. Sans prononcer une parole, elle tourna le dos à sa sœur, ouvrit la porte à la volée et quitta la chambre. Le battant en bois claqua si violemment derrière elle que les derniers éclats du miroir encore fixés au mur s'éparpillèrent en pluie sur la moquette.

20

LE MEDIATEUR

Louis s'approcha de Chloé et s'assit à côté d'elle :

« Ben alors, c'est quoi ce gros chagrin ? demanda-t-il gentiment.

—   Fiche-moi la paix...

—   Où est ta sœur ?

—   Je n'en sais rien.

—   Tu n'en sais rien et tu ne veux pas le savoir ou tu n'en sais rien et tu as besoin d'elle ?

Chloé renifla et s'essuya le nez d'un revers du poignet :

—   Je n'ai pas envie de parler.

—   Si tu veux, je peux te poser des questions et tu y réponds juste en faisant oui ou non avec la tête.

—   Je n'ai pas cinq ans ! Tire-toi !

Louis la décoiffa d'un geste affectueux :

—   D'accord, grande fille, je te laisse. Mais n'hésite pas à venir me trouver si tu as besoin de compagnie. »

Le jeune homme se releva, promena son regard alentour et aperçut Alban, debout face aux flammes du brasier matinal, un bol fumant entre les mains. Il lui demanda s'il avait aperçu Romane et ce dernier lui répondit qu'il l'avait vue marcher en direction de la rivière. Louis le remercia, hésita – il ne voulait pas la surprendre en train de faire ses ablutions – et emprunta finalement le chemin qui descendait au bord de l'eau. Romane, assise en tailleur sur le sol, regardait le courant d'un air absent, une brindille entre les dents. Les reflets orange du feu à la surface de l'eau éclairaient son visage par intermittence. Ce n'est qu'en s'asseyant à côté d'elle que Louis s'aperçut qu'elle pleurait. Il croisa les mains sur ses genoux, garda le silence quelques secondes et examina son profil. Comme elle ne lui accordait pas la moindre attention, il se décida enfin à entamer la conversation :

« Ça n'a pas l'air d'aller très fort... Que se passe-t-il ?

Romane baissa la tête, s'essuya le visage entre les mains et lui sourit enfin :

— Rien, j'avais envie d'être un peu au calme.

— Il est pourri, ton sourire, on n'y croit pas une seconde...

Elle eut un petit rire découragé et les larmes recommencèrent à couler sur ses joues.

Tu t'es disputée avec ta sœur ?

— Non... Enfin, je ne crois pas.

— C'est la première fois que je te vois pleurer », fit remarquer Louis.

Romane, les yeux de nouveau tournés vers la rivière, ne réagit pas. Elle avait recommencé à mâchouiller sa brindille, le regard perdu dans le vide.

« Tu veux que je te dise un truc ?

Il marqua une courte pause.

Depuis que je te connais, c'est la première fois que je te vois exprimer une émotion. Je n'ai jamais rencontré quelqu'un d'aussi verrouillé que toi. C'est dingue, ce niveau d'autocontrôle permanent. Dingue au sens propre du terme, je veux dire. »

La jeune femme fixait toujours l'eau en mouvement, son brin d'herbe entre les dents. Louis comprit qu'elle n'était pas disposée à aborder le sujet avec lui.

« J'ai bien compris que tu préférais rester seule et j'imagine que vos histoires ne me regardent pas... mais Chloé est en train de pleurer dans son coin et toi dans le tien, alors je me suis dit que je pourrais tenter une médiation...

Romane retint un soupir, se leva et épousseta son pantalon :

— Où est-elle ?

— Assise à la table commune », répondit Louis.

Son interlocutrice hocha la tête et repartit vers le camp sans dire un mot.

« Il n'y a pas de quoi ! », s'écria le jeune homme, un peu vexé d'être laissé en plan.

Sans se retourner, Romane lui adressa un bref signe de la main, dont il ne put déterminer s'il s'agissait d'un « merci » ou d'un « va te faire foutre ! ».

La jeune femme remonta la pente, passa devant le feu qui crépitait et aperçut sa sœur assise à la table en bois. Cette dernière était seule, la tête entre les mains. Romane arriva dans son dos, passa les bras autour de son cou et posa sa joue contre la sienne. Chloé se débattit dans un mouvement réflexe, mais l'aînée resserra son étreinte :

« Chut... Ecoute-moi », dit-elle à voix basse.

Au bout de quelques secondes, les épaules de Chloé s'affaissèrent et la jeune fille cessa de lutter.

« Ce n'était pas de ta faute...

Pour toute réponse, l'adolescente crispa ses doigts sur les avant-bras de sa sœur.

Quoi qu'il ait pu se passer, ce n'était pas de ta faute, tu m'entends ?

— Ce n'était pas de la tienne non plus », lâcha Chloé d'une voix étrangement monocorde.

Romane prit une brève inspiration :

« Je ne sais pas quoi te dire... Je ne suis pas très douée pour le dialogue...

— Je confirme. Ce n'est pas aux stups que tu devrais bosser, mais chez les CRS.

Romane sourit malgré elle :

— Jolie punchline.

– J'me défends.

– Je suis sincèrement désolée… Je te promets d'être plus patiente, à l'avenir… Et dans la mesure du possible… sois patiente avec moi, toi aussi… Je fais de mon mieux… Sans mode d'emploi, c'est compliqué…

– J'ai compris. Tu peux arrêter de patauger, ça devient gênant.

Romane se redressa et tapota maladroitement les épaules de sa sœur :

– OK… Allez, viens, on va rejoindre les autres.

– Et ma question ? fit Chloé, toujours immobile.

– Quelle quest... ? Pardon, vas-y.

– Le jour où papa est mort…

– Chloé, non…

– Le jour où papa est mort, répéta Chloé avec obstination, est-ce que ça aurait changé quelque chose si…

– Non, l'interrompit Romane. Papa n'était déjà plus conscient quand nous sommes arrivées à l'hôpital. Ça n'aurait rien changé pour lui que tu sois là.

– Et pour maman et toi, ça aurait changé quelque chose ?

– C'est du passé, Chloé.

– Est-ce que c'est à cause de ça que vous m'en voulez ?

Romane écarquilla les yeux :

– Personne ne t'en a jamais voulu ! se défendit-elle. Surtout pas maman et moi. Tu étais juste une petite fille en train de jouer à cache-cache, tu ne pouvais pas deviner.

– Mais si je n'avais pas désobéi, j'aurais pu lui dire au revoir…

– Il n'aurait pas voulu que tu te souviennes de lui sur un lit d'hôpital.

Chloé hocha sentencieusement la tête, le corps rigide et le regard dur.

Ce n'était pas de ta faute, Chloé. Rien n'était de ta faute.

Un nouveau silence s'installa.

Lève-toi, s'il-te-plaît, insista Romane.

— Tu crois que maman va bien ?

— Je n'en sais rien, mais je l'espère.

La jeune fille acquiesça de nouveau, l'air pensif :

— Merci pour ton honnêteté. »

21

LE CHANTIER

Avec une quinzaine de bénévoles, Louis, marteau en main, s'affairait à la réfection du hangar. Il terminait de clouer une large planche de bois entre deux poteaux quand il remarqua Romane, accoudée seule à la grande table, qui se massait les tempes du bout des doigts. Le jeune homme planta deux clous supplémentaires, puis s'interrompit pour observer son amie.

Yeux clos et sourcils froncés, elle avait le buste raide et une expression douloureuse sur le visage. Intrigué, Louis décida d'aller voir de quoi il retournait :

« Romane ! », appela-t-il en marchant dans sa direction.

Il arriva dans son dos et jeta son marteau sur la table.

La jeune femme sursauta :

« Qu'est-ce qui ne va pas, chez toi ?! demanda-t-elle vivement.

— Je t'ai appelée, mais tu n'as pas répondu.

— Ce n'est pas une raison pour me balancer ton marteau sous le nez.

— Tu es bien nerveuse », observa Louis.

Romane prit une profonde inspiration et expira avec lenteur.

« Excuse-moi, dit-elle finalement avec un sourire crispé. Je suis privée de cigarette depuis soixante-douze heures et j'en fumais un paquet par jour depuis mes quinze ans : le sevrage a été un peu brutal.

   — Je peux t'aider, si tu veux.

Le sourire de Romane s'étira, un brin narquois :

   — Tu fais de la contrebande de clopes ?

   — Faut voir... Il y a des framboisiers près de la rivière. Les feuilles sont souvent utilisées comme substitut au tabac.

   — En tisane, j'imagine.

Louis lui sourit :

   — Non, à fumer. La plante n'est pas toxique et le goût n'est pas désagréable.

   — Comment le sais-tu ?

   — J'ai déjà testé.

   — Vraiment ? Comment t'est venue l'idée ?

   — Ma mère ét...

   — Botaniste, c'est vrai, j'avais oublié, compléta Romane.

   — Bien joué, Sherlock !

   — Et ça se fume comment ?

   — Tu fais sécher les feuilles, tu les roules - dans des enveloppes de maïs, par exemple (il désigna les champs derrière eux) - et tu les fumes comme des cigarettes traditionnelles.

Romane baissa les yeux avec un sourire amusé :

   — J'ai l'impression d'être une lycéenne qui apprend à rouler son premier joint.

   — Parce que tu as déjà fumé un joint, toi ? demanda Louis d'un ton sceptique.

   — Non, avoua Romane. Je ne te retourne pas la question...

   — C'est mon look de barbu à cheveux longs qui te fait dire ça ?

   — Non plus. J'ai seulement l'habitude de repérer les usagers dans le cadre de mes missions.

   — Je ne suis pourtant pas un fumeur régulier, commenta Louis d'un ton léger.

– Je n'ai pas dit le contraire.

Le jeune homme sembla réfléchir pendant quelques secondes, puis regarda en direction du hangar :

– Elle a un sacré courage, ta sœur. Ça fait bientôt deux heures qu'elle travaille sur le chantier sans avoir pris la moindre pause. Elle n'a même pas bu un verre d'eau.

– Nous n'avons aucun vêtement de rechange et elle a les deux genoux dans le ciment, commenta Romane d'un ton désabusé. Un vrai garçon manqué...

Louis regarda Chloé étaler le mortier à quatre pattes un instant, l'air attendri.

– Elle est quand même drôlement sexy, pour un garçon manqué.

– Elle a seize ans, Louis...

– Oui, c'est presque une femme, répondit le jeune homme en souriant.

– Elle est mineure et tu es majeur, ça s'arrête là.

– Je sais.

Romane fit claquer sa langue contre son palais, le regard porté sur l'horizon.

– Si tu la touches, je te tue.

Louis lâcha un bref éclat de rire.

Je ne plaisante pas, reprit-elle.

– Je sais que tu ne plaisantes pas. Sérieusement, tu crois que je suis le genre de gars à profiter d'une gamine ?

– On se connaît depuis moins de dix jours, alors ton couplet sur la confiance, pas à moi.

– Charmant... Est-ce que j'ai encore le droit de lui parler ?

– Tu fais bien ce que tu veux, du moment que tu gardes tes mains dans les poches.

Louis la bouscula d'un coup d'épaule affectueux :

– Tu es jalouse ?

La jeune femme n'avait pas même vacillé.

– Vous devriez arrêter de penser que toutes les filles se

battent pour vous, les mecs. Vraiment.

— Je blaguais, Madame l'Agent !

— Lieutenant, corrigea-t-elle.

— Ah ouais, carrément ! » s'esclaffa Louis.

Romane le regarda enfin :

« Ne lui fais pas de mal, je te le demande comme un service.   Elle en a déjà assez bavé pour son âge.

Le jeune homme parut soudain choqué :

— Mais... Tu imagines vraiment que je pourrais essayer de profiter de ta sœur ? Ou de n'importe qui d'autre, d'ailleurs...

— Je n'imagine rien. Je te demande juste de la préserver, physiquement et émotionnellement. Son monde – *notre* monde à tous - vient de voler en éclats. Je ne suis pas aveugle, je vois bien qu'elle t'apprécie et que tu l'apprécies aussi, mais elle est très jeune, Louis. *Trop* jeune, tu comprends ?

Son interlocuteur hocha la tête d'un air grave :

— Tu n'es pas obligée de me croire, mais Chloé est un peu comme ma petite sœur, à moi aussi. Jamais je ne ferai quoi que ce soit qui pourrait la blesser ou la mettre en danger.

Romane scruta son visage en silence durant une poignée de secondes :

— N'oublie pas que c'est encore une enfant. A toi de te comporter en adulte.

— Je te le promets. Croix de bois, croix de fer, si je mens, je vais en Enfer », dit-il en se signant comiquement.

La jeune femme soupira et regarda à nouveau l'horizon. Louis, un peu désappointé, lui envoya une nouvelle bourrade dans l'épaule, à laquelle elle ne réagit pas plus qu'à la première.

« Eh ! Tu ne vas pas te mettre à me faire la tête, si ?!

— Je protège ma sœur, c'est tout.

— *On ne peut pas protéger les gens, seulement les*

aimer... John Irving », conclut-il avec un sourire un peu triste.

En début d'après-midi, Chloé abandonna sa truelle, son niveau à bulle et son auge à mortier vide sur le sol. Elle joignit ses doigts, fit craquer ses phalanges, étira son cou vers la droite, puis vers la gauche, et enjamba enfin ses outils pour quitter la zone des travaux.

« Chloé ! », appela Romane.

La jeune fille se retourna.

« Où vas-tu ?

— Me laver les mains.

— Est-ce que je peux t'accompagner ?

— Mmouais, si tu veux », répondit-elle à contrecœur.

Romane se leva et suivit sa sœur jusqu'à la rivière. La benjamine s'accroupit au bord de l'eau, plongea les mains dans le courant et commença à se débarbouiller.

« Je vois que tu t'investis beaucoup sur le chantier, fit Romane.

— Yep ! Il nous reste un dernier poteau à dresser et le toit sera prêt à poser.

— Fais attention de ne pas te blesser.

— Aucun risque, c'est Louis qui soulève les poteaux, je ne fais que les sceller.

— A propos de Louis...

Chloé la regarda.

Vous avez une belle différence d'âge, tous les deux.

— Et alors ? On ne fait rien de mal.

— J'espère bien.

L'adolescente baissa la tête, l'air nostalgique :

— Je l'aime bien, Louis.

— J'ai remarqué.

— C'est un peu le grand frère que je n'ai jamais eu.

Romane sentit son cœur se serrer dans sa poitrine.

Pardon, fit Chloé. Ce n'est pas ce que je voulais dire...

— Ne t'en fais pas, je comprends.

L'adolescente se tortilla un moment, avant de lever les yeux vers sa sœur :

  — Je t'aime, sister.

  — Merci... Moi aussi, je... je suppose, balbutia Romane.

  — Ça te demande un sacré effort de le dire, nota Chloé avec amertume.

  — Bien sûr que non, puisque je le pense. C'est juste que les mots ne me viennent pas naturellement.

  — Ben c'est peut-être ça, ton problème. Tu penses tout le temps. Parfois, juste réagir, c'est bien aussi.

  — Disons qu'entre toi et moi, il y a sans doute un juste milieu à trouver, commenta l'aînée, un demi-sourire aux lèvres.

  — Entre toi et moi, il y a un ravin.

Romane secoua la tête :

  — Tu exagères. Au vu de la situation, on ne s'en sort pas trop mal, tu ne trouves pas ?

Chloé haussa les épaules et ramassa un caillou qu'elle fit passer d'une main à l'autre dans un mouvement de balancier machinal.

  Tu ne veux pas me répondre ?

  — Pour quoi faire ? Tu as toujours raison et j'ai toujours tort, de toute façon.

  — J'essaie juste de discuter, Chloé, fais un effort...

  — Lol ! On n'a *jamais* discuté, toi et moi. Quand tu m'adresses la parole, c'est uniquement pour me signifier que tout ce que je fais est mal, nul ou stupide. Même mon amitié avec Louis, il faut que tu la salisses. Et tu sais quoi ? Le tracteur, je l'avais volé ! Alors ouais, je suis une merdeuse qui ne pense qu'à sa gueule, ouais, je ne suis pas Madame Parfaite qui a mis sa vie au service de la patrie, ouais, j'en ai rien à foutre de tes lois républicaines et de tes bonnes manières, mais moi au moins, je profite de ma *life* et je n'ai besoin d'humilier personne pour y arriver ! »

Romane était restée sans voix, sonnée par cet

enchaînement d'uppercuts. Chloé se remit brusquement sur ses pieds et balaya les alentours d'un ample geste de la main :

« Regarde ! Il en reste quoi, de ta précieuse République ? De tes commissariats ? De tes tribunaux ? De tes prisons ?!

La jeune fille leva un bras au-dessus de sa tête et lança au loin le caillou qu'elle avait ramassé quelques instants plus tôt :

Ouvre les yeux ! Tu n'as plus aucun système à défendre ! Tu n'as plus de mission à accomplir, tu n'as plus de job, tu n'as plus rien, tu *n'es* plus rien et ici tu ne vaux pas mieux que nous tous !

— Je n'ai jamais...

— Merde, tu fais chier, conclut Chloé en laissant retomber ses bras le long du corps. Je t'aime mais tu fais chier. Je vais retrouver Louis. »

Romane regarda sa sœur s'éloigner sans réagir. Elle se rendit soudain compte qu'elle avait gardé la bouche ouverte et la referma dans un claquement de mâchoires, se mordant la langue au passage. Elle porta la main à ses lèvres d'un geste réflexe, puis chassa la douleur de son esprit et entreprit de gravir le chemin en sens inverse. Arrivée au niveau de la cour, elle constata que Chloé avait déjà rejoint le chantier et bavardait avec Louis, le menton en appui sur un manche de pioche.

Elle renonça à aller les déranger.

22

LE DORTOIR

Une fois la table dressée pour le repas du soir, Romane vint s'asseoir à côté de sa sœur.

Comme cette dernière l'ignorait, elle lui tendit le plat de pommes de terre, en guise de traité de paix.

« Pas trop fatiguée par ta journée de travaux ? demanda-t-elle d'un ton qu'elle voulait amical.

— Non, impec, répondit Chloé en même temps qu'elle piquait d'un coup de fourchette une pomme vapeur dans le saladier

— Tant mieux.

Romane se servit à son tour.

Après le dîner, j'aimerais qu'on reprenne notre conversation de l'après-midi, si tu veux bien. »

Sans lui répondre, Chloé prit son assiette, se leva et alla se rasseoir un peu plus loin sur le banc, entre Louis et un étudiant Marocain prénommé Amir, qui s'écarta de bonne grâce pour lui faire une place. Romane soupira, mais ne fit aucune réflexion. Une fois le souper terminé, elle resta attablée encore un long moment, le regard fixé sur les flammes du foyer, dont l'intensité baissait graduellement sans que personne ne s'en préoccupe.

Dans le hangar, des gens dépliaient des draps et des couvertures sur des lits de paille improvisés. Chloé, assise à même le sol, discutait avec Louis tandis qu'il retirait ses chaussures.

Romane attendit encore un peu, puis décida d'aller les interrompre :

« Tu viens te coucher ?

— Je vais dormir avec les autres, répondit Chloé, tête baissée.

— Chloé, ça devient ridicule. Viens te coucher.

— Sans rire, tu ne veux pas me lâcher ?!

— Ne me cherche pas, tu vas me trouver.

Romane avait parlé d'un ton menaçant qu'elle regretta aussitôt.

— Heu, les filles, intervint prudemment Louis, il est un peu tard pour les engueulades, vous ne trouvez pas ? »

L'aînée leva la tête quelques secondes, le temps de reprendre ses esprits. L'envie de fumer lui tordait le ventre et une sueur glacée coulait entre ses omoplates. Elle posa une main à plat sur son abdomen pour mieux contrôler sa respiration :

« Si. Chloé, je te promets de te laisser tranquille pour ce soir, mais viens dormir, je n'ai pas envie de me battre.

— Je t'ai dit que je dormais ici, répéta l'adolescente.

— Elle ne risque rien, tu sais, fit Louis d'un ton rassurant.

— Ce n'est pas la question.

— Tu ne supportes pas l'idée de ne pas me contrôler, lâcha Chloé. C'est ça, la question.

— Tu m'épuises, petite sœur...

— En même temps, elle n'a pas tout à fait tort », dit Louis, index levé.

Romane ouvrit de grands yeux :

« Mais pour qui essayez-vous de me faire passer, tous les deux ?

— Pour une grande angoissée à qui ça ne ferait pas de mal de lâcher prise de temps en temps, répondit-il avec un large sourire.

— Na ! Ce n'est pas moi qui l'ai dit ! », triompha Chloé.

Romane leur opposa un silence déconcerté, puis finit par lever les mains en signe de reddition :

« Vous avez gagné. J'ai eu ma dose de soufflantes pour la journée, je vais me coucher.

Louis fronça les sourcils :

– Romane...

– Fais attention à elle.

– Bien sûr, mais...

– Bonne nuit.

– Bonne nuit à toi aussi.

La jeune femme fouilla dans la poche avant droite de son jean et en retira une clef qu'elle jeta sur les genoux de sa sœur :

– Histoire que tu puisses ouvrir la porte de la chambre, si jamais tu changes d'avis ».

Une fois Romane disparue dans la nuit, Louis se tourna vers Chloé :

« Est-ce que j'ai encore raté un épisode ?

– Non, elle me soûle, c'est tout. Merci de m'avoir soutenue.

– Pas de quoi. J'ai senti que tu avais besoin de respirer un peu, mais j'ai l'impression qu'on l'a vexée...

Chloé s'étira et étouffa un bâillement dans son poing fermé :

– Son ego s'en remettra. »

Louis garda le silence une dizaine de secondes. Il regarda l'adolescente s'allonger dos à lui sur la paille et replier ses mains sous sa joue en guise d'oreiller.

« Tu n'es pas obligée de me répondre, mais... qu'est-ce que tu lui reproches, exactement, à ta sœur ?

– Rien, c'est elle qui a toujours un truc à me reprocher.

– Déformation professionnelle, peut-être ? suggéra-t-il. J'imagine qu'à l'école de police, la psychologie et les techniques de communication ne sont pas au cœur du programme. Les mauvaises langues prétendent même que les dictionnaires servent plus souvent à nos forces de l'ordre à taper sur la tête des suspects qu'à enrichir leur vocabulaire.

— Romane a un bac plus trois, répartit Chloé. Il faut arrêter de croire que tous les flics sont débiles.

— Il y a deux minutes, tu la trouvais soûlante, s'amusa Louis.

— Peut-être, mais ça ne te donne pas le droit de l'insulter.

— Je ne l'ai pas insultée, miss. C'était juste une plaisanterie; mauvaise, à l'évidence.

— Si tu penses que je la déteste, tu te trompes.

Louis sourit pour lui-même :

— Je sais que tu ne la détestes pas. Vous avez beau vous traiter de tous les noms, vous vous adorez, toutes les deux. Ça se voit comme le nez au milieu de la figure.

— Elle a toujours été là pour moi.

Louis, surpris par cette réflexion un peu hors contexte, contempla la jeune fille, toujours allongée dos à lui :

— Toi aussi, tu es là pour elle, lui fit-il remarquer. Si tu ne lui avais pas donné ton sang, au village, elle n'aurait probablement pas survécu.

Chloé se redressa sur un coude :

— C'est la première fois que j'ai l'occasion de faire quelque chose pour elle.

— Primo, je suis sûr que tu exagères. Secundo, c'est l'aînée et il est normal qu'elle ait eu plus souvent l'occasion de faire des choses pour toi que l'inverse.

— Tu ne comprends pas, Louis. Quand j'étais plus jeune, c'est elle qui s'occupait de tout, à la maison : elle faisait les courses, le ménage, elle venait me chercher à l'école et elle m'aidait à faire mes devoirs. Elle m'emmenait même chez le pédiatre quand j'étais malade.

— Elle aidait ta mère, comme souvent l'aîné d'une fratrie quand un des deux parents est absent…

— Tu ne m'écoutes pas. Elle ne l'aidait pas, elle s'occupait d'absolument tout. Après la mort de papa, maman est... tombée malade. Elle n'était plus capable de s'occuper de nous, de l'appartement, des papiers... ni d'elle-même. Romane a tout pris en charge, sans jamais se plaindre.

Chloé s'interrompit, avant de se rallonger sur la paille :

J'sais pas pourquoi je te raconte ça, en fait, ça n'intéresse   personne.

– Continue... », l'encouragea Louis.

L'adolescente resta muette.

« Moi ça m'intéresse, ajouta le jeune homme d'une voix douce. Raconte-moi... Si tu en as envie, bien sûr... »

Dans sa chambre, Romane ne parvenait pas à s'endormir. Elle avait mal au ventre, transpirait abondamment, claquait des dents sans discontinuer. Jamais elle n'aurait imaginé être devenue à ce point accroc à une simple cigarette. Elle se retourna plusieurs fois dans son lit à la recherche d'une position confortable et finit par s'endormir d'épuisement aux premières lueurs du jour.

23

CONFRONTATION

Levée sur le tard, Romane était seule à la table du petit-déjeuner, une tasse de café chaud posée devant elle. En temps normal, elle se serait préoccupée de savoir où était sa sœur, mais elle n'avait aucune envie de discuter - et encore moins de se *disputer* - avec qui que ce soit. Fatiguée par sa courte nuit de sommeil, elle aspirait juste à la sérénité. Du coin de l'œil, elle aperçut la silhouette de Louis qui traversait la cour de son pas nonchalant. Elle pria intérieurement pour qu'il ne vienne pas dans sa direction, mais il bifurqua à sa vue.

« Hello ! fit-il en s'asseyant à côté d'elle.

— Bonjour, répondit-elle sans lever les yeux.

— Oulà ! Tu en fais, une tête... Mal dormi ?

— Peu dormi, surtout.

— J'ai discuté avec Chloé, hier soir...

Il attendit quelques secondes, mais Romane, les mains autour de sa tasse, semblait perdue dans ses pensées.

Vous n'avez pas eu une enfance très facile, j'ai l'impression.

Romane porta la tasse à ses lèvres et souffla doucement dessus :

— Tout le monde a un vécu. Tu parles de ta mère au passé et tu n'évoques jamais ton père, alors j'imagine que la tienne n'a pas été simple non plus.

— C'est vrai. Je n'ai pas connu mon père et ma mère m'a

élevé seule. Elle est décédée l'an dernier, dans un accident de randonnée, en haute montagne.

    — Ça ne me regarde pas, Louis.

Il marqua un temps d'arrêt, dérouté par son manque d'empathie.

    — D'accord... Tu sais, Chloé t'est reconnaissante des sacrifices que tu as faits pour elle.

La jeune femme reposa sa tasse sur la table avec un profond soupir :

    — Ecoute, ma sœur et moi n'avons pas besoin d'un conciliateur. On s'engueule depuis toujours, c'est comme ça.

    — Ce n'est pas ce qu'elle m'a dit.

    — Je ne veux pas savoir ce qu'elle t'a dit. Si elle éprouve le besoin de se confier à toi et qu'elle y trouve son compte, je n'y vois pas d'inconvénient; mais je ne me m'appelle pas Chloé.

    — Mince ! Me serais-je trompé de sœur ? », plaisanta Louis, mains sur les hanches.

Romane grimaça et se pencha vers l'avant.

    « Ça ne va pas ? demanda le jeune homme.

    — C'est juste une crampe.

Elle donna sur la table un violent coup de coude qui fit sursauter son interlocuteur, mais la douleur qu'elle venait de s'infliger n'avait pas suffi à atténuer la sensation de brûlure intense au creux de son estomac.

    Bordel ! jura-t-elle. Je me prostituerais pour une clope.

    — Tu ne veux pas d'abord essayer les feuilles de framboisier ? demanda Louis, pince sans rire.

    — Au point où j'en suis, j'essaierais n'importe quoi.

    — Retourne t'allonger, je vais te chercher de quoi fumer, ça te relaxera.

Romane redressa péniblement les épaules :

    — Je n'ai pas besoin d'aller m'allonger. Sais-tu où est Chloé ?

— En train d'aider Nathaniel à traire les chèvres. Tu veux que j'aille la chercher ?

Elle secoua la tête :

— Surtout pas ! Je suis assez tendue comme ça.

— Essaie de te reposer, dit Louis. Je m'occupe de t'apporter de quoi te sentir mieux. »

Louis se remit debout, la gratifia d'une tape amicale sur l'épaule et la laissa seule devant sa tasse de café désormais tiède. Armé de son opinel fétiche, il partit à la recherche de plantes sauvages aux abords du campement. Il récolta une bonne quantité de feuilles plus ou moins sèches, les roula patiemment dans des cosses de maïs et confectionna ainsi une trentaine de cigarettes artisanales. Il les rangea dans un Tupperware blanc emprunté en cuisine, puis se hâta de regagner la cour centrale. Alors qu'il coupait à travers champs, il vit Chloé marcher devant lui, tenant à bout de bras un bidon métallique visiblement plein. Il pressa le pas pour la rattraper, arriva à sa hauteur en quelques enjambées et la soulagea de son fardeau :

« Je m'en occupe. Va plutôt saluer ta sœur, elle est réveillée.

— Grand bien lui fasse, déclara Chloé en se massant l'épaule droite.

— Va la voir...

— Je n'ai rien à lui dire.

— Alors ne lui dis rien, mais va la voir.

— Pour quoi faire ?

— Elle n'est pas en bois, ta sœur. Ça lui fera plaisir.

— Il y a quoi, dans cette boîte ?

— Des cigarettes maison à base d'herbes médicinales. J'allais les lui amener, justement.

— Sérieux ? Il y a des roches en fusion qui tombent du ciel, nous sommes perdus au milieu de nulle part, sans téléphone, sans électricité ni eau courante, et votre priorité, c'est la fumette ?

Louis pencha la tête sur le côté d'un air amusé :

—   Tu sais très bien que ça n'a rien à voir. C'est juste pour
      l'aider à passer le cap de l'arrêt du tabac.
—   Tu m'en files une ?
—   Je ne suis pas certain que ta sœur apprécierait.
—   Je m'en contrefiche et de toute façon, elle n'est pas là.
      Allez, fais-moi goûter !
Le jeune homme la fit lanterner quelques secondes, puis
ouvrit la boîte :
—   Une seule. Pour le reste, tu demanderas à ta sœur si
      elle est OK. Et sois discrète, je n'ai pas envie de me
      faire engueuler !
—   Ah ! Tu vois qu'elle te fait peur, à toi aussi, railla
      Chloé en piochant une cigarette dans le Tupperware.
—   Je ne le nie pas.
L'adolescente glissa la cigarette dans une des poches de sa
salopette.
—   Merci pour la sèche. Je me la fumerai ce soir au
      calme.
—   Tu viens voir ta sœur avec moi ?
—   Pas maintenant, je vais piquer une tête dans la rivière.
Louis opina du menton :
—   Comme tu veux.
—   A tout à l'heure, bro !
—   A tout à l'heure. »

Depuis la collision de Black Devil avec la Terre huit jours
plus tôt, le ciel était resté d'un gris laiteux uniforme, ne
laissant que faiblement filtrer les rayons du soleil. Le feu qui
servait à faire chauffer l'eau et la nourriture réchauffait en
même temps l'atmosphère matinale. Louis trouva Romane où
il l'avait laissée, accoudée à la table en bois brut au beau
milieu du corps de ferme, à moins de dix mètres du foyer, les
doigts entremêlés sous son menton. Il posa la boîte en
plastique ouverte devant elle :
« Livraison expresse.
Romane décroisa les mains, intriguée, pour mieux

examiner son contenu.

Ortie, marjolaine et framboisier, commenta Louis. Ce sont trois plantes aux propriétés légèrement sédatives, ça devrait t'aider. »

La jeune femme fit disparaître deux cigarettes dans sa poche de poitrine et remit le couvercle sur le Tupperware. Elle se leva, se rapprocha du feu et s'assit en tailleur devant les flammes. Louis l'imita.

« Je sais que je te l'ai déjà dit, mais... je te trouve dure, avec Chloé.

Romane sourit à demi :

– Tu me l'as déjà dit, oui. Et je t'ai déjà répondu.

– Tu n'as jamais fait de bêtises, quand tu étais ado ?

– Un jour, j'ai foiré un contrôle de maths, répondit-elle avec humour.

– J'imagine que tu n'avais pas trop le temps de sortir t'amuser, de toute façon.

Romane eut un léger sourire empreint de nostalgie :

– Tu te trompes. J'ai eu une adolescence plutôt normale.

– Non, Romane, ramasser des bouteilles de vin vides et éponger le vomis de sa mère sur un tapis, ce n'est pas une adolescence *normale*, réagit Louis avec brusquerie. Chloé n'a pas eu une enfance *normale*, *tu* n'as pas eu une adolescence *normale*, ce que nous vivons en ce moment n'est pas une situation *normale*. Pourquoi refuses-tu de l'admettre ? »

Romane tira une cigarette de sa poche de poitrine et l'alluma dans les braises. Elle inspira deux longues bouffées, avant de se remettre à parler :

« Les choses sont comme elles sont. Se plaindre ou se révolter n'apporte aucune solution, il faut simplement s'adapter.

– Regarder les choses en face n'a rien à voir avec le fait de se plaindre. »

Romane tourna son visage vers le sien et Louis remarqua

pour la première fois le bleu métallique de ses yeux. Leur expression était si froide qu'il sentit sa peau se soulever sur toute la surface de son corps.

« As-tu vraiment l'impression que je cherche à fuir les problèmes ? demanda-t-elle.

–   Non, mais ta sœur a besoin de l'entendre.

–   Laisse ma sœur en dehors de ça.

–   Elle n'est *pas* en dehors de ça, Romane. Peut-être que si *une fois* dans sa jeune vie, quelqu'un - toi ou n'importe qui d'autre - lui avait dit que tout ce qu'elle a vécu n'était pas *normal*, qu'elle avait le droit d'être en colère, qu'elle avait le droit d'être triste, qu'elle avait le droit de trouver ça injuste... vous n'en seriez pas arrivées là. »

Romane hocha la tête avec lenteur et le coin gauche de sa bouche forma un sourire asymétrique. Louis trouva ce sourire si dérangeant qu'il sentit un nouveau frisson lui parcourir l'échine.

« Donc, si j'avais consolé ma petite sœur à chaque fois qu'elle a eu du chagrin, j'aurais pu empêcher des météorites de tomber du ciel, c'est bien ça ? questionna son interlocutrice.

–   Ne fais pas semblant de ne pas comprendre. Tu sais très bien ce que je veux dire. »

La jeune femme détourna enfin son regard et Louis se sentit soulagé.

Elle tira une nouvelle bouffée de sa cigarette, souffla la fumée par le nez et laissa reposer sa main sur son genou, les yeux fixés sur l'embout rougeoyant.

« Va te faire enculer, Louis », lâcha-t-elle d'un ton neutre.

Elle porta encore une fois la cigarette à ses lèvres :

« Va te faire enculer », répéta-t-elle un ton plus bas, avant d'inhaler la fumée.

Louis secoua la tête et se leva sans faire de commentaire. Il avait conscience de l'avoir blessée, mais il était lui-même trop en colère pour poursuivre la discussion.

24

VIVRE ENSEMBLE

Au déjeuner, une dispute éclata entre deux pères de famille, au sujet d'un simple bol de fraises au sucre. Les deux hommes avaient consommé du vin rouge tout au long du repas et lorsque leurs enfants respectifs avaient réclamé la dernière portion du dessert, les parents étaient montés au créneau. Il avait fallu l'intervention de plusieurs personnes pour les empêcher d'en venir aux mains. Alors que Romane gardait les bras croisés, indifférente aux cris et aux tremblements des verres sur la table, Tom, le chien de berger, se mit à aboyer avec véhémence.

Chloé enleva alors le saladier et le posa sur le sol, où le chien avala les trois derniers morceaux de fraises sans se faire prier :

« Problème réglé ! »

Romane se mordit les joues pour ne pas rire. A l'autre bout de la table, quelqu'un protesta, mais sa voix fut couverte par des applaudissements. Louis, toujours soucieux de désamorcer les conflits, proposa aux enfants d'aller cueillir des framboises au bord de l'eau.

Tandis qu'il s'éloignait avec eux, les discussions des adultes autour de la table reprirent de plus belle. Le geste de Chloé avait divisé l'assemblée. Certains arguaient d'un gaspillage inadmissible, d'autres s'amusaient de la situation, d'autres enfin attendaient leur café dans l'indifférence la plus totale. Une femme à l'accent américain et à la voix nasillarde tentait de tempérer son mari, alors qu'à sa droite, un grand chauve qualifiait toute cette agitation de *gamineries ridicules*.

Chloé, assise en tailleur à côté du chien, était hilare. Sa sœur aînée se leva et vînt poser une main sur son épaule :

« Va rejoindre Louis à la rivière, s'il-te-plaît.

– Pour quoi faire ?

Elle lui sourit :

– Pour me faire plaisir. »

Chloé sembla peser le pour et le contre, puis finit par obtempérer. Romane la regarda disparaître dans la végétation, tout en bas du sentier, avant de se tourner à nouveau vers l'assemblée. Elle s'approcha de la table, jusqu'à poser ses mains à plat sur le bois lasuré.

Saisissant une bouteille de vin, elle la vida sur le sol.

« Eh ! Qu'est-ce que vous faites ? », cria un quinquagénaire au visage marbré par la couperose.

Romane posa la bouteille vide sur la table d'un geste sec, faisant claquer le verre contre le bois :

« Tout le monde a assez bu et l'alcool n'est pas un produit de première nécessité. Vous comptiez vous entretuer pour des fraises ?

– Merci, intervint Linda. Nous avons la chance de ne manquer de rien sur l'exploitation, alors essayons de demeurer entre individus de bonne compagnie. »

Un murmure d'assentiment penaud parcourut l'assistance. Nathaniel ramena deux cafetières italiennes qu'il posa sur la table, le visage fermé. Romane sortit son briquet, alluma une cigarette et se servit une tasse de robusta, qu'elle alla boire à l'écart des autres, pour ne pas les incommoder avec la fumée. Dos au reste du groupe, elle aperçut Louis qui remontait la pente, tenant les enfants par la main. Au fur et à mesure qu'ils se rapprochaient, elle remarqua leurs doigts tachés de jus de framboise et leur menton luisant. Louis et les deux mômes souriaient.

« Vous vous appelez Romane, n'est-ce pas ?

Elle se retourna :

– Que puis-je pour vous ? répondit-elle, rompue aux automatismes de la bienséance.

– Le docteur m'a dit que vous étiez gendarme.

– Officier de police judiciaire. Pourquoi ?

– Nous cherchons à réunir quelques personnes de confiance, fit Linda. L'idée est de pouvoir débattre ensemble des décisions qui concernent la communauté.

– Je ne suis pas sûre de pouvoir vous aider…

– Nous sommes nombreux, désormais. Constituer une sorte de… Conseil… nous permettrait de gérer au mieux la répartition des tâches et des ressources. Votre rigueur serait la bienvenue.

– Ma rigueur ? répéta Romane, yeux plissés.

– Le docteur… Alban… nous a dit que vous aviez beaucoup de sang froid et l'esprit cartésien. Ce sont précisément les qualités dont nous avons besoin.

Romane acquiesça lentement.

– Je ferai de mon mieux pour vous être utile, alors, dit-elle après un court silence.

– Je vous remercie.

Linda se tourna vers le groupe, l'index pointé vers une extrémité du banc :

Vous connaissez déjà Estelle et Alban, je crois ?

Romane acquiesça et Linda déplaça son doigt dans le sens des aiguilles d'une montre :

Nous avons également sollicité le Père Donatien… Amir, futur ingénieur en agronomie… Baptiste, professeur des écoles… et Marie- Laure, gérante de restaurant. »

Romane s'interrogea vaguement sur cette drôle de convention sociale qui consistait à définir la qualité d'une personne par sa profession.

Linda tendit soudain la main devant elle. La jeune femme

la saisit par réflexe.

« Bienvenue dans l'équipe. »

25

LA RIVIERE

Romane descendit le chemin qui menait au bord de la rivière et trouva sa sœur les pieds dans l'eau, sa paire de chaussures posée sur la berge, les chaussettes roulées en boule à l'intérieur. Elle s'assit à côté d'elle sans parler. Chloé, tête baissée, recroquevillait par intermittence ses orteils dans la vase, provoquant de légers clapotis à la surface de l'eau. Romane la regarda :

« Comment ça se passait, à la maison, ces derniers temps ?

— Ça se passait », répondit Chloé d'une voix dénuée d'inflexion.

L'aînée reporta son attention sur le flot ininterrompu de la rivière, avant de glisser une cigarette entre ses lèvres et de l'allumer, une main en protection devant la flamme.

« Je n'aurais jamais dû te laisser là-bas », dit-elle finalement.

Chloé redressa la tête avec un sourire fataliste :

« Tu ne pouvais pas m'emmener à ton école d'officier.

— J'aurais dû revenir te chercher après mon internat.

— Tu as fait comme tu as pu, grande sœur. »

Romane resta silencieuse et la cigarette trembla soudain entre ses lèvres. Chloé la dévisagea quelques secondes, puis se jeta dans ses bras avec rudesse :

« Ne pleure pas, grande sœur, je t'en supplie, ça me fait

trop mal... »

La jeune femme avait eu le souffle coupé par l'impact, mais n'en laissa rien paraître. Elle referma ses bras sur l'adolescente et posa le menton sur sa tête dans un silence absolu. Une énorme boule s'était formée dans sa gorge. Elle avait beau déglutir, cette dernière remontait inlassablement de son estomac au voile de son palais.

26

LE CONSEIL

« Merci à tous d'être là pour notre tout premier Conseil, fit Nathaniel. Je vous ai réunis car nous n'allons pas tarder à manquer de certains produits.

Il se pencha en avant, les coudes en appui sur les genoux :

Tout d'abord, nous avons très peu de stocks de fournitures médicales.

— Qu'entendez-vous par *très peu* ? » l'interrogea Alban.

Linda vida un sac en plastique sur la table :

« Tout est là.

— Ça ne fait pas lourd, en effet.

— Louis pourrait sans doute nous aider à élaborer certains remèdes naturels », intervint Romane.

Baptiste la regarda :

« Est-il médecin, lui aussi ?

— Notre ami est herboriste, fit Alban.

— Herboriste, je ne sais pas, reprit Romane, mais il a une bonne connaissance des plantes médicinales. Sa mère les étudiait. Ses compétences en la matière pourraient nous être utiles.

— J'en prends note, fit Nathaniel. Ensuite… Nos réserves de café ne vont pas tarder non plus à arriver à épuisement.

— Eh bien nous nous passerons de café, cela ne me paraît pas bien dramatique, commenta Alban d'une voix tranquille.

 — Concernant le vin, continua le fermier, il ne nous reste plus que trois bouteilles en réserve.

 — Videz-les ou mettez-les sous clef, trancha Romane. L'alcool échauffe les esprits, vous avez bien vu ce qu'il s'est passé ce midi. Il faut bannir sa consommation jusqu'à nouvel ordre.

Alban la dévisagea, surpris qu'elle se montre aussi autoritaire.

 — En même temps, c'est un moment de détente dans un océan de stress, avança Marie-Laure. Interdire ce petit plaisir pourrait s'avérer être un remède pire que le mal.

 — L'alcool favorise les comportements impulsifs. Nous sommes trente-quatre, dont six enfants, et la pharmacie est réduite à peau de chagrin. Doit-on vraiment débattre sur le sujet ?

 — Elle a raison, confirma Alban. En tant que médecin, je suggère qu'il n'y ait plus de vin servi lors des repas.

 — Je ne suis pas contre l'idée, mais... pour la messe ? s'inquiéta le Père Donatien. Plusieurs administrés ont demandé à ce que je tienne un office dimanche matin. En l'absence d'hosties, le vin est notre seul moyen de communier.

 — Nous ne partageons pas le même culte, dit Amir, mais je ne vois pas d'inconvénient à ce que nous fassions une exception pour vos célébrations. Je gage que dans cette assemblée, tout le monde sera du même avis. »

La proposition fut adoptée à l'unanimité par un vote à main levée.

Les discussions reprirent, au sujet des travaux quotidiens à réaliser sur l'exploitation, cette fois-ci. Romane se proposa de participer aux récoltes et à l'entretien des enclos, mais Alban s'y opposa catégoriquement :

« Il est hors de question que vous fassiez le moindre travail de force. Je vous rappelle que vous avez subi une chirurgie abdominale il y a douze jours à peine et que vous avez encore des points de suture.

Surprise à son tour par le ton péremptoire du médecin, elle resta silencieuse.

— Vous êtes dispensée de l'exécution des corvées, trancha Nathaniel. Nous avons suffisamment de bras sur le site pour ne pas mobiliser les malades, les personnes âgées et les enfants. Idem pour vous, docteur. Vous êtes le seul médecin ici, nous ne pouvons pas prendre le risque que vous vous blessiez d'une quelconque manière. Tout le monde est d'accord ? »

Les mains se levèrent une à une. Seul Alban, par modestie, s'abstint de voter.

« Décision validée à la majorité », conclut Nathaniel.

A l'issue du Conseil, Alban resta seul avec Romane pour changer son pansement. Il examina la cicatrice, décréta que les fils pourraient être retirés d'ici trois ou quatre jours et redescendit le T-shirt de la jeune femme sur son ventre d'un air satisfait.

« La tuméfaction s'est bien résorbée, déclara-t-il. Les chairs sont-elles encore douloureuses ?

— Du tout.

— Vous êtes décidément étonnante.

— Etonnante ? demanda la jeune femme avec curiosité. A quel titre ?

— A de nombreux égards, en vérité. »

Il rougit légèrement, le regard fuyant.

Romane, le menton dans sa main gauche, dissimula un sourire.

« Bon ! fit Alban en se tapant sur les cuisses avant de se lever. Je vous aurais bien invitée à prendre un verre, mais il n'y a plus un bar à des kilomètres à la ronde et nous venons de faire interdire l'alcool sur le camp. Je vous souhaite une excellente soirée.

– De même. »

Une fois seule, Romane abandonna son sérieux et se laissa aller à un bref éclat de rire : elle aussi avait rougi.

27

LA GLAISE

Au bord de l'eau, malgré l'obscurité, Chloé se sentait bien. Les mains sales, entourée de minuscules sculptures, mélange de cendres et de boue, elle faisait rougeoyer l'embout de sa cigarette, un genou replié sous le menton. Le bruit de la végétation qu'on écrase la fit se retourner aux trois quarts. Sa sœur marqua un temps d'arrêt, manifestement surprise de ne pas être seule. Chloé la regarda sans sourire ni parler, la cigarette au bec. Une mince volute de fumée blanche s'élevait dans le ciel d'encre. Romane vint s'asseoir à côté d'elle, glissant sur un petit tas de glaise. Elle essuya la paume de sa main dans l'herbe.

« Où as-tu trouvé ça ? demanda-t-elle en désignant la cigarette.

— Je te l'ai piquée, répondit Chloé, qui regardait droit devant elle.

— Tu ne changeras jamais, pas vrai ?

— Vrai.

Romane soupira, sortit à son tour une cigarette de sa poche et l'alluma.

— C'est quoi, toute cette boue ?

— Tu viens d'écrabouiller une souris.

— Quoi ?

— Rien. »

La jeune femme regarda autour d'elle. Une fois ses yeux

accoutumés à la pénombre, elle distingua sur la berge de petits monticules en forme d'animaux. Elle reconnut un lapin, un cygne, un lézard et un écureuil.

« D'où est-ce que ça sort ?

– De la terre.

– Je vois bien, mais qui les a faits ?

– Moi.

– Vraiment ?

– Oui.

Romane lissa le dos du lapin de glaise d'un doigt léger :

– C'est magnifique. Où as-tu appris à faire ce genre de chose ?

– Avec un pote qui faisait les Beaux-Arts.

– Les as-tu montrés à Louis ?

– Je viens à peine de les faire.

L'aînée hocha la tête d'un air pensif :

– Sais-tu où il est ?

– Non, pourquoi ?

Romane haussa les épaules :

– D'habitude, vous êtes toujours fourrés ensemble. Alors je me demandais si vous ne vous étiez pas disputés.

Chloé la dévisagea :

– T'es relou, grande sœur. C'est mon ami, rien de plus.

– Tu me l'as déjà dit.

– Ouais, mais je vois bien que tu ne me crois pas.

– Pourquoi est-ce que je ne te croirais pas ?

– Peut-être parce que je suis une voleuse doublée d'une menteuse, non ? », rétorqua-t-elle avec un sourire provocateur.

Romane lui adressa un clin d'œil :

« Ou peut-être qu'à ton âge, il y a des sentiments qu'on ne contrôle pas.

– J'aime les filles, grande sœur.

– Oh… fit Romane d'une voix dénuée d'émotion.

D'accord.

Elle tira longuement sur sa cigarette.

As-tu quelqu'un dans ta vie, à l'extérieur ?

–   Je suis célib depuis trois mois. Et toi ?

–   Idem.

–   Depuis trois mois aussi ?

Romane plissa le nez et prit le temps d'inspirer une nouvelle bouffée de fumée :

–   Depuis presque un an.

–   Tu étais amoureuse ?

–   Tu deviens indiscrète, petite sœur. »

Chloé porta la cigarette à ses lèvres d'un geste lent. Romane recracha la fumée par les narines. Les deux sœurs continuèrent à fumer en silence, épaule contre épaule.

28

SOUVENIRS

Au milieu du concert des casseroles, des *bloup-bloup* du ragoût sur le feu et des craquements du bois brûlé, le déjeuner s'organisait. Tandis que Romane déposait une pile d'assiettes creuses sur la table, Alban s'approcha dans son dos :

« Laissez-moi vous aider. »

Il lui toucha l'épaule et fut surpris par la chaleur de sa peau. Romane se recula pour le laisser faire. Elle hocha la tête en signe de remerciements, puis entreprit d'aller remplir quelques carafes à la pompe du puits.

« Vous n'arrêtez jamais, fit Alban tandis qu'elle revenait vers lui les mains chargées.

— Vous non plus », faillit-elle répondre, inexplicablement agacée par sa remarque.

Elle se contenta de lui sourire poliment. Alors qu'il installait les assiettes tout au long de la table, elle remarqua les muscles durcis de ses avant-bras, tendus tels les torons d'un épais câble en acier. Il avait de fins poignets à l'os proéminent, de larges paumes blanches et de longs doigts de pianiste. Elle l'imagina un scalpel dans les mains, en train de pratiquer une incision adroite sur un carré de peau badigeonné à la Bétadine. A cette évocation, elle effleura sans même s'en rendre compte la cicatrice de son ventre à travers ses vêtements.

Un cri suraigu la tira de ses rêveries : des enfants

chahutaient à une dizaine de mètres d'eux. Son regard parcourut brièvement la distance entre le feu et la troupe des gamins qui se couraient après, mais elle jugea qu'ils étaient assez loin du foyer pour ne pas risquer de se brûler ou de s'ébouillanter.

« Ne vous en faites pas, je les ai à l'œil », fit Alban, qui avait observé son manège.

Romane ne répondit pas. Elle pensait à sa mère, à l'avant et à l'après. Elle se demandait si cette dernière était allongée dans un lit d'hôpital, si elle avait lancé les autorités à leur recherche, ou si son corps pourrissait sous des gravats au milieu d'éclats de verre vert bouteille. Sa bouche se tordit à cette pensée. Des relents de vin séché montèrent à ses narines et elle se pinça le nez entre le pouce et l'index. Elle parcourut la table du regard, mais n'y vit rien d'autre que les carafes d'eau qu'elle venait d'y déposer. Elle comprit alors que sa mémoire lui jouait des tours et retira la main de son visage. Quand Alban lui toucha à nouveau l'épaule, elle sursauta :

« Vous devriez vous asseoir », dit-il, le front soucieux.

Elle acquiesça, surprise de sentir trembler ses jambes. Une fois assise sur le banc, elle se servit un verre d'eau et le but d'une traite.

« Vous êtes blanche, commenta Alban.

— Un simple passage à vide, Docteur.

— Je vous avais pourtant recommandé d'éviter tout effort. Vous n'êtes pas encore complètement rétablie. »

Romane balaya cette remontrance d'un revers de la main. Sans plus s'occuper d'Alban, penché au-dessus d'elle, son esprit recommença à battre la campagne. Elle s'imaginait en tête à tête avec sa sœur dans son minuscule studio, avec son minuscule salaire et ses minuscules placards. Elle réfléchissait à la solution la plus acceptable – ou tout du moins *tenable* - pour tout le monde : Chloé devait-elle retourner chez leur mère ou devait-elle venir vivre avec elle ? Et ses études ? Et ses fréquentations ? Comment allait-elle gérer ça avec son boulot ? Et si Chloé lui faisait perdre son job ? Et si elle refusait de quitter le quartier dans lequel elle avait grandi ? Et si sa mère refusait de la laisser partir ? Et s'il n'existait plus rien au-delà des limites du gîte ?

Elle se souvint du soleil qui brillait sur les carreaux, chez leurs grands-parents, pendant qu'elle faisait ses devoirs de vacances dans la cuisine. Elle se souvint de son père qui riait à gorge déployée quand elle s'enfuyait à travers le poulailler, un œuf dans chaque main, poursuivie par le coq. Elle se souvint de l'enterrement sous une pluie dégueulasse. Oui, une pluie véritablement dégueulasse, qui sentait le moisi et laissait des traînées blanchâtres sur les vêtements noirs. Et puis la serpillière pourpre dans l'évier, l'odeur du vomi, sa mère affalée sur le canapé, de la bave au menton, encore plus dégueulasse que la pluie du cimetière. Romane eut un haut-le-cœur et porta la main à ses lèvres. Elle avait soudain envie de hurler. Elle enfonça ses ongles dans les paumes de ses mains à s'en faire blanchir les phalanges.

« Romane… »

La jeune femme s'ébroua comme un chien qui sort de l'eau.

Alban lui tendait un morceau de pain :

« Vous devriez manger quelque chose.

Elle prit la tranche entre ses doigts :

— Merci. »

Elle mordit dedans et mastiqua un moment sans parvenir à avaler : la mie lui collait au palais. Le médecin remplit son verre d'eau, puis le poussa dans sa direction. Romane en but une gorgée.

« Merci, répéta-t-elle après avoir finalement dégluti.

— De rien. Vous devriez vous ménager, vous savez.

Elle se força à sourire :

— Je me ménage, Docteur, ne vous en faites pas.

— Alban.

— Pardon ?

— A moins que vous ne souhaitiez que je vous appelle

Lieutenant, je vous suggère de m'appeler par mon prénom, dit-il aimablement.

— Entendu… Alban.

Il acquiesça d'un air satisfait et prit place à ses côtés sur le banc :

— A la vôtre ! » lança-t-il en levant son propre verre.

Romane leva le sien d'un geste distrait, le cerveau plus ou moins connecté à l'instant. Ils trinquèrent au-dessus des assiettes vides. Tiraillée entre les brumes du passé et celles, plus opaques encore, de l'avenir, c'est à peine si Romane sentit sa sœur la bousculer pour venir s'asseoir à sa gauche. Les convives arrivèrent peu à peu et prirent place en nombre autour de la table. Quelques personnes s'étonnèrent à voix haute de ne pas trouver de pichet de vin entre les carafes d'eau, mais dans l'ensemble, les plats circulaient dans un brouhaha bon enfant.

Romane mangea sans plaisir, les yeux rivés sur le contenu de son assiette. Quand le café fut servi, elle s'éloigna avec sa tasse dans les mains pour aller fumer à l'écart du groupe, comme à son habitude.

« Tu m'en files une ? », demanda Chloé, plantée devant elle.

L'aînée sortit une cigarette de sa poche de poitrine et la lui tendit.

« Merci. »

L'adolescente tritura un instant le rouleau entre ses doigts, avant de le coincer dans un angle de sa bouche. Elle s'accroupit et approcha son visage de celui de sa sœur :

« Je peux ? »

La question était purement rhétorique : elle était déjà en train d'appuyer l'extrémité de sa cigarette éteinte contre l'embout rougeoyant. Elle tira deux longues bouffées, puis se recula à nouveau :

« Est-ce que tu te sens bien, frangine ?

Romane leva la tête et lui sourit :

— Je vais bien, Chloé.

– Mouais…

Cigarette entre l'index et le majeur, Chloé la dévisageait d'un air suspicieux.

> – Je vais bien, répéta Romane. J'étais juste… plongée dans mes pensées.
>
> – Quel genre de pensées ? fit Chloé en même temps qu'elle portait la cigarette à ses lèvres.
>
> – Est-ce que tu te rappelles de papa ?

La jeune fille fronça le nez :

> – Je me rappelle surtout de ses cheveux.
>
> – Pourquoi de ses cheveux ?
>
> – Quand il me faisait grimper sur ses épaules, je voyais ses cheveux. Ils faisaient des boucles à ressors, comme les rubans des papiers cadeaux.

Romane se mordit la lèvre inférieure avec un demi-sourire :

> – C'est vrai, je m'en souviens…

Chloé sourit à son tour :

> – Tu as les yeux qui pétillent, quand tu parles de papa.
>
> – Ah bon ?
>
> – Oui, c'est marrant…

L'aînée baissa la tête :

> – C'était une chouette époque, murmura-t-elle.
>
> – Parce que je n'étais pas encore née ?
>
> – Non. Parce que c'était un père génial. C'est dommage que tu ais dû grandir sans lui. »

Penchée vers l'avant, Romane fit aller et venir sa cigarette d'un bord à l'autre de ses lèvres, les mains pendues entre ses jambes. Son père lui avait appris à reconnaître les étoiles dans le ciel, à identifier les champignons comestibles, à cueillir les mûres dans les ronces sans s'écorcher, à respecter toute forme de vie, tant de choses inutiles dans son quotidien, mais tellement précieuses pour la mémoire. Bien sûr, il lui avait aussi appris la valeur de l'argent, du travail, de la famille… toutes ces choses aussi dérisoires que les précédentes, désormais. Elle tira une dernière fois sur sa cigarette et jeta dans les braises ce qu'il en restait. Tout comme son père, elle n'avait jamais bu une goutte d'alcool, mais contrairement à lui, elle fumait comme un pompier. Il lui avait fallu qu'un astéroïde géant percute la Terre pour prendre conscience qu'à l'instar de sa mère, des *clients* qu'elle côtoyait à la PJ et des fumeurs d'herbe qui gravitaient autour de sa sœur, elle était proprement *addict* à la nicotine.

29

REGRETS

Elle souleva son T-shirt et laissa Alban retirer les points un à un.

« Ça ne tire pas trop ?

— Absolument pas, Docteur.

— Vous m'en voyez ravi, Lieutenant.

Romane secoua la tête avec un sourire vaincu :

— D'accord. Alban.

— Je ne sais pas dans quelle mesure les cataplasmes de votre ami Louis ont aidé, mais la cicatrisation est parfaite.

— Ce n'est pas mon ami, se défendit Romane sans trop savoir pourquoi.

— Ami est un terme passe-partout. La nature de votre relation ne me regarde pas, vous savez. »

La jeune femme se tut, se demandant encore pourquoi elle avait réagi de manière aussi ridicule. La dernière fois qu'elle avait entendu une fille s'exclamer « c'est pas mon copain, d'abord ! », c'était dans une cour d'école maternelle.

« Si vous ne voulez pas avoir de marque, évitez d'exposer votre cicatrice au soleil dans les prochaines semaines.

— Le soleil n'est pas bien agressif, depuis qu'un nuage de cendres lui est passé devant.

— Ce n'est pas faux, mais méfiez-vous tout de même :

la luminosité a beau être moins forte, les ultraviolets continuent de filtrer.

Il redescendit lui-même le T-shirt de la jeune femme sur son ventre :

C'est terminé. Faites attention à vous, Romane, vous avez charge d'âmes.

— Vous parlez de ma sœur ?

Il lui adressa un sourire bon enfant :

— Pas seulement. Tous les membres du Conseil comptent sur vous. Et à titre personnel, je n'aimerais pas qu'il arrive quoi que ce soit de fâcheux à une de mes patientes.

— Alban… Si je ne dois pas vous considérer comme mon médecin, vous ne devez pas me considérer comme votre patiente.

— Bien vu !

Il leva l'index, comme pour tracer un point d'exclamation dans les airs :

Il n'empêche que je ne voudrais pas vous voir dans l'embarras.

— Ne vous inquiétez pas, j'ai toujours fait mon possible pour éviter les ennuis.

— Jusqu'ici, les ennuis n'ont pas eu trop de mal à vous trouver, on dirait. Prenez soin de vous, Romane.

Il posa une main par-dessus la sienne :

Sincèrement. »

En milieu d'après-midi, Romane alla retrouver Louis au milieu des champs de maïs, où il était en train d'écimer des épis en compagnie d'autres volontaires. Elle posa une main sur son épaule et il se retourna, l'air surpris de se retrouver face à elle.

« Louis…

— Oui, c'est moi, dit-il par un réflexe un peu idiot.

— Je te dois des excuses.

— Pour… ? demanda-t-il, soupçonneux.

– Pour la façon dont je t'ai traité la dernière fois.

Le jeune homme sembla soulagé :

– Oh ! Ne t'en fais pas pour ça ! Entre ta sœur et toi, j'ai de l'entrainement, maintenant.

Romane baissa la tête et se frotta les coudes, comme si elle cherchait à se réchauffer :

– Je regrette de t'avoir insulté. Surtout après tout ce que tu as fait pour nous.

– Je n'ai pas fait grand-chose. On s'est retrouvés par hasard dans la même galère, c'est tout.

– Merci de nous avoir aidées, Chloé et moi. Merci pour les premiers soins quand on s'est rencontrés, merci pour les barres de céréales, merci de ne pas m'avoir laissée au bord de la route quand je ne pouvais plus avancer, merci d'avoir veillé sur Chloé pendant que j'étais dans les vapes, merci pour les pansements à l'achillée millefeuilles, merci pour le petit salé aux lentilles et merci pour les cigarettes.

Elle marqua un court temps d'arrêt, avant d'ajouter avec un sourire désolé :

Je crois avoir fait le tour. Je te laisse à tes travaux.

Il la saisit par le bras alors qu'elle faisait demi-tour :

– Eh ! Ne te sous-estime pas. Personne n'est tenu à la perfection et tu es de loin la personne la plus fiable que j'ai jamais croisée dans ma vie.

Elle se dégagea doucement, un sourire poli sur les lèvres :

– Merci, Louis.

– Je suis très sérieux. Tu prends les bonnes décisions, n'en doute pas.

– Merci, Louis », répéta-t-elle sans conviction avant de rebrousser chemin.

Le jeune homme garda le regard braqué sur sa silhouette tandis qu'elle disparaissait à l'horizon. Il lui trouvait le pas lourd et les épaules étrangement basses.

30

LE VOTE

Treize jours s'étaient écoulés depuis que Black Devil était entré en collision avec la Terre. Au Gîte du Cabris, les résidents étaient de plus en plus nombreux à s'inquiéter à voix haute de ne pas voir arriver les secours. Hommes et femmes scrutaient le ciel et tendaient l'oreille, dans l'espoir d'apercevoir un avion dans le ciel ou d'entendre les rotors d'un hélicoptère, mais en vain. Des débats commençaient à naître au sein de la communauté entre les partisans de l'attente et ceux qui estimaient nécessaire de quitter les lieux. Face aux tensions que créaient ces discussions, Linda et Nathaniel décidèrent de réunir une nouvelle fois le Conseil.

Aux termes de longues heures de discussion, il fut décidé d'envoyer en éclairage une petite équipe de volontaires, avec des vivres et de l'eau potable pour environ huit jours. L'idée était de leur permettre de rejoindre la départementale la plus proche par les bois, puis de remonter cette dernière à la recherche de véhicules en circulation ou d'un groupe de personnes. Dans l'hypothèse où, au bout de quatre jours, ils n'auraient croisé aucun signe d'humanité, ils regagneraient le gîte pour rendre compte de leurs observations.

« Vous semblez contrariée », fit remarquer Alban à la fin de la séance.

Romane retroussa légèrement la lèvre supérieure :

« Contrariée, non. Disons plutôt sceptique quant à l'utilité de la démarche.

Elle repoussa sa chaise sous la table.

– Croyez-vous qu'elle est vouée à l'échec ? demanda son interlocuteur.

– Ce que je crois n'a pas beaucoup d'importance. Le Conseil a tranché, de toute façon.

– C'est vrai, mais votre avis m'intéresse.

– Je l'ai déjà donné avant le vote. J'estime personnellement que la balance bénéfice-risque est défavorable.

Alban la suivit tandis qu'elle quittait la salle :

– Si je résume votre pensée, vous estimez que faire prendre un risque à une minorité de personnes pour tenter d'en secourir une majorité n'est pas éthiquement acceptable.

– Nous ne sommes pas dans une situation d'urgence. Nous avons de quoi boire et manger en autosuffisance au moins jusqu'à l'arrivée de l'automne. A partir de là, rien ne justifie d'envoyer qui que ce soit risquer sa vie en dehors du gîte pour aller chercher une hypothétique aide extérieure. Ce n'est que mon avis, bien sûr, conclut-elle pour contrebalancer le ton affirmatif de son propos.

– Hypothétique ? s'étonna l'homme.

– Disons incertaine, nuança-t-elle.

– C'est bien la raison pour laquelle il a été décidé de faire uniquement appel au volontariat. Et puis la subsistance est une chose, mais la médecine en est une autre. Nous n'avons aucun antibiotique et les quelques cachets de paracétamol stockés dans la pharmacie ne suffiraient pas en cas de contamination bactérienne. Or la baisse à venir des températures et la proximité des animaux de ferme sont des risques pour la santé humaine.

– Les animaux présents sur l'exploitation sont avant

tout une chance pour les ressources alimentaires qu'ils représentent.

– Bien sûr, mais la question n'en demeure pas moins : si quelqu'un contractait une infection, que ferions-nous ?

– A moins qu'en tant que médecin, vous n'ayez des informations que je n'ai pas, il me semble que personne n'est concerné pour le moment.

– Certes, mais il ne vous aura pas échappé que nous n'avons toujours pas entendu, même au loin, la sirène qui annonce la fin du danger. Cela signifie que nous avons très peu de chances de voir arriver de l'aide jusqu'ici.

– Ou que les principaux systèmes électriques et électroniques sont hors-service. Il me semble évident que de nombreuses infrastructures ont été détruites. Plus de technologie fonctionnelle, plus de sirène, c'est aussi simple que ça.

– Vous marquez un point. Mais si votre sœur tombait malade et avait besoin de médicaments spécifiques, ne vous porteriez-vous pas volontaire pour cette mission ?

– Ma sœur n'est pas malade et je n'ai aucune intention de me porter volontaire.

– Tant mieux. J'aurai ainsi le plaisir de continuer à profiter de nos échanges. Votre point de vue sur les événements en cours est toujours très enrichissant. »

Romane ne parlait plus, mais Alban marchait toujours à ses côtés, l'air pensif. Au bout de quelques mètres, la main de l'homme frôla la sienne. C'était un effleurement furtif, provoqué par le mouvement de balancier de leurs bras; aucun des deux ne s'écarta. Seuls les bruits de leurs souliers qui soulevaient la poussière en rythme ponctuaient le silence. Malgré la chaleur, Romane fut parcourue par un frisson qui hérissa les fins poils blonds de ses avant-bras. Alban ne le remarqua pas. Il était trop occupé à chercher un prétexte, un bon mot, un nouveau sujet de conversation pour prolonger un peu ce moment d'intimité. Du haut de ses un mètre soixante, Romane l'intimidait. Il mesurait pourtant lui-même un mètre quatre-vingt-huit pour quatre-vingt-dix kilos, sans doute un peu moins depuis le début de cette aventure. Il avait certainement perdu pas mal d'eau et - l'espérait-il - un peu de graisse, durant le voyage jusqu'au gîte. Il rentra son ventre et Romane lui jeta un coup d'œil à la dérobée, flattée par cette marque d'attention discrète. Elle le trouvait bel homme, élégant, raisonnable. Tandis que l'étrange couple se rapprochait du hangar, les jappements de Tom firent sursauter la jeune femme.

Le gros chien hirsute vint à leur rencontre, une pomme de pin dans la gueule. Alban se pencha vers l'animal qui frétillait et lui gratta la tête :

« Alors mon vieux, tu veux jouer ? »

Romane regarda la main d'Alban saisir la pomme de pin luisante de bave et reprit ses esprits.

Le charme était rompu.

31

LE VOL

Estelle ouvrit la porte de la réserve et ramassa une douzaine de pommes de terre. Sa cagette sous le bras, elle sortit du local et se retourna pour verrouiller derrière elle. Au moment de glisser la clef dans la serrure, elle sentit quelqu'un la bousculer. Avant qu'elle n'ait eu le temps de réaliser ce qu'il se passait, trois jeunes gens de quinze à dix-huit ans, une fille et deux garçons, poussèrent le battant contre le mur et se précipitèrent dans la réserve.

« Qu'est-ce que vous faites ? », demanda Estelle, choquée.

Sans lui répondre, les trois jeunes se mirent à fouiller la pièce,   renversant des piles de conserves et déplaçant des cartons du pied. Ils firent main basse sur trois bouteilles de vin et se sauvèrent, ricanants, avec leur butin caché sous leurs T-shirt.

Elle reprit ses esprits au bout d'une longue minute et trottina vers l'extérieur à la recherche des membres du Conseil. Debout à l'ombre du hangar, Alban et Nathaniel étaient en pleine conversation. Elle se dirigea vers eux, trébucha sur une pierre, se rétablit gauchement et accéléra dans leur direction. Romane, assise sur une souche à une dizaine de mètre des deux hommes, la remarqua soudain et fronça les sourcils. Elle écrasa au sol la cigarette qu'elle était en train de fumer et se leva pour les rejoindre. Alban et Nathaniel s'étaient interrompus à l'arrivée d'Estelle.

Essoufflée, cette dernière fit de multiples pauses au cours de son récit. Quand elle eut terminé, Alban lui proposa de s'asseoir et prit son pouls, les doigts sur son poignet. Nathaniel attendit que le médecin ait terminé.

« Les avez-vous reconnus ? demanda-t-il alors.

    — Bien sûr ! Ce sont les minots des familles Perri et Carpentier, qui traînent toujours ensemble derrière les champs de maïs.

    — Est-ce que Chloé était avec eux ? », demanda Romane d'une voix tendue.

Estelle porta les mains en croix à sa poitrine :

« Seigneur Dieu, non ! Jamais votre sœur n'aurait agi de la sorte ! »

Romane serra les dents. Alban remarqua la brusque saillie des muscles de sa mâchoire et la dévisagea longuement, l'air intrigué.

« Le mieux est que nous allions parler aux parents, dit Nathaniel.

    — Allez-y, fit Romane. De mon côté, je vais tâcher de retrouver les jeunes.

    — Je viens avec vous, commenta Alban. On ne sait jamais... »

Leurs regards se croisèrent et, sans plus parler, ils se dirigèrent vers les champs de maïs. Ils longèrent les rangées d'épis en silence sur une centaine de mètres.

Tandis qu'ils scrutaient l'horizon, Alban pointa soudain l'index en diagonale :

« Là-bas ! »

Romane tourna la tête, aperçut les silhouettes au loin et lâcha un juron. Elle marcha dans leur direction, le visage fermé. Alban la suivait de près. Les jeunes, qui buvaient au goulot entre deux éclats de voix, s'interrompirent à son arrivée.

Ils la dévisagèrent sans broncher tandis qu'elle tendait la main devant elle :

« Donnez-moi cette bouteille.

– Viens la prendre... fit le plus jeune de la bande d'une
voix qui manquait d'assurance.

– Sérieusement ? demanda Chloé à sa sœur. Tu viens
jusqu'ici nous chercher des noises parce qu'on boit un
peu de vin ?

– Je viens jusqu'ici vous chercher des noises parce que
tes amis ont agressé Estelle pour *voler* cette bouteille
de vin.

Chloé blêmit :

– Est-ce qu'elle va bien ?

– Oui, elle a juste eu peur.

– N'importe quoi ! ricana le plus âgé. On l'a à peine
poussée, elle a flippé toute seule.

Chloé écarquilla les yeux :

– Mais vous êtes cons ou quoi ? », dit-elle en arrachant
la bouteille des mains du plus jeune.

Le garçon saisit l'adolescente par le poignet, sentit une
brusque traction de sa tête vers l'arrière et tomba sur le dos
avec un « Oh ! » de surprise. Furieux, il entreprit de se
relever, décidé à en découdre.

« Tu restes au sol ! », fit Romane.

L'ordre avait claqué comme une gifle et le jeune
s'immobilisa en position semi-assise.

Elle promena son regard sur les visages des trois
comparses :

« La loi est la même ici qu'à l'extérieur : le vol est
prohibé, la violence est prohibée...

– Et vous venez de faire quoi, vous ?! l'interrompit la
fille Carpentier d'un air bravache.

– De faire respecter la loi.

Romane la fixa sans ciller et la gamine baissa la tête.

Vos parents sont informés de la situation. Je ne
saurais que trop vous recommander de ramener vous-mêmes
les autres bouteilles à la réserve. Et tenez-vous à carreaux, si
vous ne voulez pas avoir davantage d'ennuis.

Elle se tourna vers sa sœur :

Ça vaut pour toi aussi.

Chloé fit un pas en arrière, un peu surprise.

Affaire classée, en ce qui me concerne. Tout le monde a droit à une seconde chance, mais ce sera la dernière. J'espère avoir été claire.

Romane baissa les yeux sur celui qui était restée à terre, en appui sur ses coudes :

Tu peux te relever. »

Elle fit trois pas à reculons, puis tourna le dos aux jeunes gens pour repartir vers les bâtiments du gîte. Déconcertés, Alban et Chloé échangèrent un bref regard, avant de lui emboîter le pas d'un même élan.

« Vous ne vous êtes pas fait mal ? demanda Alban en la rattrapant.

— Non.

— Votre cicatrice aurait pu se rouvrir, insista le médecin.

— Ce n'est pas le cas.

Elle marchait front baissé, comme un taurillon dans une arène.

— Peut-être, mais je préfèrerais vous examiner pour m'en assurer.

Romane s'arrêta brusquement et Chloé faillit se cogner le nez dans son dos.

— Pourquoi ne pas vous préoccuper du garçon resté à terre ? », demanda la jeune femme avec curiosité.

Alban lui sourit :

« Parce que vous l'avez déposé au sol comme une plume. Vous pratiquez les arts martiaux ?

Elle se remit à avancer d'un pas plus tranquille.

— Krav maga, dit-elle sobrement.

— J'te jure que je ne savais pas qu'ils l'avaient volée, haleta Chloé derrière elle.

— Tu pensais qu'elle était tombée d'un camion ? répliqua Romane d'un ton acerbe.

— Bien sûr que non, mais je croyais qu'ils l'avaient juste trouvée dans la cuisine, pas qu'ils avaient agressé quelqu'un pour la prendre.

L'aînée s'arrêta à nouveau, se prit le visage à deux mains pendant quelques secondes et se retourna vers sa sœur :

— Ecoute... Je te demande *juste* d'éviter les ennuis. Est-ce que tu en es capable ? »

Chloé se dandina sur place d'un air embarrassé et finit par acquiescer.

Romane laissa retomber ses bras le long du corps :

« Quoi que tu puisses en penser, je n'ai pas pour objectif de   régenter ta vie. Tout ce que je veux, c'est que tu fasses attention à toi.

— J'ai compris », répondit la cadette d'un ton étonnamment adulte.

L'aînée marqua une pause, le regard trouble, l'air presque désemparé. Alban pensa d'abord qu'elle avait été déstabilisée par l'inhabituelle déférence de sa sœur, mais il y avait autre chose.

« Quoi ? », se demanda-t-il.

Romane était là, debout, les cheveux à peine en désordre, les membres raides comme la justice, une expression lourde de déception - peut-être même de... tristesse ? - sur le visage.

Chloé tendit à sa sœur la bouteille entamée qu'elle tenait toujours à la main. Cette dernière la saisit sans mot dire, la remerciant par un imperceptible mouvement de tête. Elle sembla hésiter, le poignet bascula légèrement, se rétablit, puis tourna à nouveau : elle vida ce qu'il restait de vin dans l'herbe jaunie.

Chloé regarda le liquide rouge se répandre à ses pieds, comme si elle était hypnotisée par cette minuscule cascade rouge bouillonnante. Quand elle releva la tête, les deux sœurs se regardèrent longuement, sans qu'Alban ne puisse déchiffrer ce que leurs yeux se disaient. Semblant obéir à un ordre muet, la benjamine se détourna soudain et repartit vers le gîte.

« Vous ne buvez pas d'alcool ? demanda Alban après que Chloé se fut éloignée.

– Non, je ne... Non.

Le médecin parut réfléchir quelques secondes, une ride soucieuse en travers du front :

On dirait que vous avez de la peine », dit-il d'un ton affecté.

Cueillie par l'aspect intime de cette réflexion, elle ne put s'empêcher de lever les yeux sur lui, avec l'expression d'une biche prise dans les phares d'une voiture. Leurs regards ne se croisèrent qu'un instant, car celui de la jeune femme se déroba aussitôt.

« Pardonnez-moi, je ne voulais pas vous mettre mal à l'aise.

– Vous ne m'avez pas mise mal à l'aise, s'empressa-t-elle de répondre.

– Romane... »

Elle le regarda à nouveau, mais son visage reflétait cette fois une attention calme et polie. Toute trace de doute ou d'émotion avait disparu. Alban se demanda même s'il n'avait pas imaginé la fugace ombre d'égarement qui avait brouillé ses traits quelques secondes auparavant. Il lui présenta une main, paume vers le ciel, à la manière de quelqu'un qui propose à un animal inconnu de le flairer avant d'accepter ou non la caresse. Elle contempla cette main ouverte, indubitablement amicale, calcula la portée de son propre geste et posa sa main dessus.

C'est avec prudence qu'Alban referma ses doigts sur les siens, une prudence non pas dictée par la timidité, mais par la curieuse impression de tenir dans sa patte d'ours une minuscule souris qu'il pourrait maladroitement broyer, tel Lenny Small, le pathétique héros de Steinbeck.

32

ALBAN

Chloé entra dans la chambre et resta figée sur le seuil, la main sur la poignée.

« Tu pourrais frapper, merde ! cria Romane.

— Désolée, je…

L'expression de surprise sur le visage de l'adolescente céda la place à un large sourire :

Bon ben, j'vous laisse finir, hein, je repasserai plus tard. »

Elle referma la porte avec un clin d'œil.

« Fait chier… fit Romane en laissant retomber le menton sur sa poitrine.

— Je ne pense pas que ce type de vision ait de quoi traumatiser durablement une jeune fille de son âge », commenta Alban de son habituel ton flegmatique.

Romane se passa la langue sur les dents avec un sourire d'autodérision. Elle ne s'était pas retournée, mais au soubresaut de ses épaules, l'homme devina qu'elle avait ri.

« Que veux-tu faire, maintenant ? », demanda-t-il.

Elle se rallongea contre lui :

« Rien. J'ai sommeil.

Il caressa ses cheveux d'un délicat mouvement des doigts :

Je voulais dire *au sujet des autres.*

— J'avais compris, mais pour l'instant, j'ai juste envie

de dormir.

—	Alors dors », dit-il simplement.

Romane ferma les yeux. Sa respiration sur sa peau faisait à Alban l'effet d'une brise tiède. A l'âge de trente-six ans, il n'avait encore jamais été marié. A contrario de ses amis, la bagatelle l'intéressait assez peu. Trop peu, en tous les cas, pour la rechercher expressément.

Avant la catastrophe, sa vie était partagée entre ses patients, ses voyages et les soirées entre anciens camarades de promo. Il avait eu quelques aventures, mais il s'agissait plus de relations amicales et culturelles que sensuelles. Avec les femmes, il aimait aller au cinéma, au restaurant, au théâtre, discuter politique, voyages et littérature. Il s'ennuyait vite avec celles qui n'avaient rien à dire. Chez Romane, toutefois, ce n'était ni sa conversation - elle parlait peu - ni son physique, qui avait éveillé son intérêt, mais sa réserve, son endurance naturelle face aux épreuves, le regard aigu qu'elle posait sur son environnement, semblant l'analyser en permanence, comme un animal sauvage soucieux d'anticiper opportunités et dangers. Malgré ses raisonnements terre à terre et son matérialisme assumé, il percevait chez elle un instinct de survie surdéveloppé, sans nul doute supérieur à ses capacités purement déductives. Sans nul doute supérieur aux capacités déductives de n'importe qui, se dit-il même en la regardant reposer dos à lui. Elle s'était retournée dans son sommeil, faisant glisser le drap sur sa peau nue. Il se rapprocha d'elle avec précaution pour ne pas la réveiller et remonta l'étoffe sur son épaule. Au moment où son genou toucha le creux de ses jambes, elle tressaillit légèrement. Il s'immobilisa le coude en l'air, au bord de la crampe. Il attendit que le souffle de la jeune femme redevienne régulier avant de faire peser son bras sur elle dans un geste protecteur. C'était la première fois qu'il se sentait ému par la présence d'une femme à ses côtés.

33

LE SECRET

Louis se laissa lourdement tomber sur le banc. Le contact de ses fesses avec le bois vernis produisit un bruit sourd et Chloé, menton dans les mains, tourna vers lui un visage surpris mais souriant.

« Tu as l'air de bonne humeur, dit Louis. Ça fait plaisir.

-	Tu ne voudrais pas me montrer avec quelles herbes tu fabriques tes cigarettes ? », demanda Chloé sans transition.

Louis plissa les yeux :

« Pourquoi ? demanda-t-il, soudain suspicieux. Ta sœur n'en a plus ou elle ne veut pas t'en donner ?

Chloé retroussa le nez :

-	Ni l'un ni l'autre. Elle est occupée.

Il jeta un regard circulaire autour d'eux :

-	Où est-elle ?

-	Dans sa chambre.

-	A cette heure-ci ? s'étonna Louis. Est-ce qu'elle est malade ?

-	Je ne crois pas, non, fit-elle avec une pointe d'ironie dans la voix.

-	Je ferais mieux d'aller voir », dit-il en se redressant.

Chloé leva sur lui un regard malicieux :

« Je ne pense pas que le moment soit bien choisi.

-   Pourquoi ça ? demanda-t-il, bras ballants.
-   Elle est avec le doc.
-   Le doc ? Qu'est-ce qu'elle a ?
-   Rien, Louis, je viens de te le dire.
-   Je ne comprends pas. Que fait-elle avec le médecin, si elle n'a rien ?
-   Pour ce que j'en ai vu, ils jouent au docteur.

Louis resta immobile quelques secondes, les yeux ronds, puis une lueur de compréhension passa dans son regard :

-   Ah ! D'accord. Heu… désolé, je n'y étais pas du tout. J'ignorais que ta sœur et Alban, heu…
-   Je l'ignorais aussi.
-   Bon ben… Tu viens cueillir des plantes avec moi, du coup ?
-   Yes ! », fit Chloé avec enthousiasme.

Elle enjamba le banc d'un mouvement souple et Louis dut s'écarter pour ne pas prendre sa basket dans les côtes.

« Par contre, si je te dévoile mes petits secrets sur les plantes récréatives, il faudra me promettre de les garder pour toi, dit-il d'un ton faussement sérieux.

-   Uniquement si tu me promets de garder pour toi ce que je viens de te dire, répondit Chloé.
-   Vendu ! »

Ils scellèrent leur pacte par une vigoureuse poignée de mains.

34

L'APPEL A MISSION

Le soleil venait à peine de se lever, quand Nathaniel décida de réunir dans la cour l'ensemble de la communauté. Après avoir battu le rappel à grands coups de louche sur un cuiseur en étain, il envoya Linda réveiller les récalcitrants. En quelques minutes, tout le monde, même les enfants, s'était déployé en cercle autour de lui. Sans perdre de temps, il exposa brièvement les termes de la mission, répondit à quelques questions pratiques, et finit par demander s'il y avait des volontaires. Malgré les vifs débats de ces derniers jours, un murmure d'hésitation parcourut l'assemblée.

Chloé fut la première à lever la main :

« Moi !

— Arrête tes conneries ! », siffla Romane entre ses dents.

Chloé avait gardé la main levée et sa sœur lui attrapa le bras pour le faire redescendre le long de son corps.

La benjamine leva aussitôt l'autre main.

« Tu as seize ans et tu es sous ma responsabilité, s'agaça Romane. Ce n'est pas à toi de prendre ce genre de décision.

— J'aurai dix-sept ans dans douze jours et personne ne décide à ma place.

L'adolescente posa sur Nathaniel un regard grave :

Je suis volontaire, conclut-elle d'un ton ferme.

– Il est hors de question qu'on se sépare, reprit Romane.

– Je n'ai pas envie non plus qu'on se sépare, mais avec ou sans toi, je m'en irai.

– Et si je venais avec vous ? », intervint Louis.

Romane lâcha un soupir excédé :

« Ne t'en mêle pas, s'il-te-plaît.

– Ecoute... Tu connais ta sœur, elle ne changera pas d'avis. Et je sais que tu ne la laisseras pas partir seule. Alors je viens avec vous. Notre trio a plutôt bien fonctionné, jusqu'à présent.

Il lui sourit de toutes ses dents :

Et on ne change pas une équipe qui gagne, qu'en dis-tu ?

Romane secoua la tête avec énergie :

– Personne ne va nulle part. Trouvez d'autres volontaires pour cette expédition, ma sœur reste ici avec moi.

– Tu comptes t'y prendre comment, pour me retenir ? Me plaquer au sol et me ligoter ? demanda Chloé d'un ton de défi.

– Bien sûr que non... soupira Romane.

– Louis, fit Nathaniel, dois-je considérer que vous êtes volontaire ?

– Si la miss est volontaire, je le suis également, répondit le jeune homme avec un haussement d'épaules désinvolte.

– Je suis volontaire, confirma Chloé.

– Qu'est-ce que je peux faire ou dire pour te faire changer d'avis ? demanda Romane.

– Rien. Reste ici si tu en as envie, moi je veux retrouver maman. »

Romane se mordit la lèvre inférieure pour s'empêcher de répondre. Elle avait ravalé de justesse le « *j'en ai rien à foutre de maman !* », qui avait jailli de ses pensées comme une balle de revolver.

« D'autres volontaires ? », lança Nathaniel à la cantonade.

Comme aucune main ne se levait, il se tourna vers Romane :

« Romane ?

Le regard de la jeune femme accrocha celui de sa sœur, à la fois inquiet et déterminé.

« Tu vas me rendre dingue, petite sœur…

— Tu te rends dingue toute seule, grande sœur.

Chloé avait répondu du tac au tac, sans ciller, ni sourire.

— Chloé, pour la dernière fois…

— Ne te fatigue pas, l'interrompit-elle. Moi, j'y vais. C'est à toi que Nathaniel a posé la question.

— Tu vas t'ennuyer, sans nous, plaisanta Louis.

— Vous faites une belle association de malfaiteurs, tous les deux.

Chloé était restée impassible, mais Louis éclata de rire.

— Romane ? insista Nathaniel. Vous n'êtes pas obligée d'accepter, mais il me faut une réponse. »

La jeune femme croisa à nouveau le regard de sa sœur, y lut une supplication muette, hésita et finit par acquiescer pour mettre fin au malaise. Après tout, elle aurait tout le temps de la faire changer d'avis quand elles se retrouveraient en tête à tête. Chloé parut soulagée. Tandis que Louis lissait sa barbe d'un air satisfait, une autre main se leva :

« Je les accompagne, dit Alban.

— Ils ont besoin d'un médecin, ici, fit remarquer Romane.

— Toi aussi, tu pourrais avoir besoin d'un médecin.

— Merci pour nous », grommela Chloé.

Louis lui envoya une bourrade dans les côtes.

« Mais aïe !!! Qu'est-ce que vous avez tous à me prendre pour un punching-ball ?!

Doigt sur la bouche, il lui fit signe de se taire.

— Mais ici, il y a des enfants, insista Romane d'une voix douce.

– Elle a raison, doc, murmura Nathaniel. Nous avons
besoin de vous sur place. »

Alban observa la jeune femme en silence, le regard triste
et résigné. Elle lui sourit, mais ne parla pas non plus, de peur
que sa voix ne déraille. Son sourire était artificiel, elle en
avait conscience, mais à cet instant précis, elle n'avait pas
mieux en stock.

« Personne d'autre ? », questionna encore une fois le
maître des lieux.

Un silence gêné lui répondit.

« Vous êtes des lâches, gronda Alban, perdant son
habituelle bonhommie.

– J'ai des enfants, protesta un homme.
– Je suis trop âgé, se défendit un second.
– J'ai de l'asthme, déclara une petite brune.
– Et moi une tendinite au genou ! », renchérit un grand
blond au look de surfer.

35

PAPA L'AURAIT VOULU

Le petit-déjeuner fut pris dans une ambiance morose. Chacun gardait le nez dans son bol, les mains autour de sa tasse ou les yeux plongés dans le liquide trouble de son mug. Alban, le visage sombre, avait une main posée sur la jambe de Romane et l'autre serrée sur le manche d'une petite cuillère qu'il semblait vouloir étrangler. Tom allait et venait autour de la table d'un petit trottinement nerveux. Il s'arrêtait de temps à autre à côté de quelqu'un et battait de la queue, une lueur interrogative au fond de l'œil. Il ne comprenait pas ce calme inaccoutumé.

Chloé buvait à petits traits son café coupé au lait de chèvre.

Assis à sa droite, Louis écalait un œuf dur, le visage étonnamment détendu. Il paraissait ne pas se rendre compte de la lourdeur de l'atmosphère autour de lui.

Après son deuxième café, Romane descendit fumer au bord de la rivière. Il faisait encore frais. A la recherche de graines, de petits insectes escaladaient ses tennis pour ne pas avoir à dévier de leur course. Elle les observa d'un air absent, sa cigarette fumante calée entre le majeur et l'index. Elle émit soudain un sifflement de douleur et jeta son mégot presque entièrement consumé à terre : elle venait de se brûler les doigts. Elle s'accroupit au bord de l'eau, trempa sa main dans le courant, l'agita d'un geste négligent quelques instants, avant de la retirer. Quand elle se décida à regagner le gîte, elle le fit à pas lents, les mains plaquées contre ses cuisses dans la montée, comme pour mieux enfoncer ses jambes dans le sol. Elle traversa la cour tête basse afin de décourager quiconque de l'aborder. Une fois revenue dans sa chambre, où elle comptait se recoucher une heure ou deux pour finir sa nuit, elle constata que sa sœur avait eu la même idée.

Chloé, étendue sur le matelas dos à elle, se retourna au bruit de la porte qui se refermait. Romane s'assit au bord du lit, poussa un bref soupir, alluma une seconde cigarette et la fit grésiller au terme d'une longue inspiration. Au matelas qui s'enfonçait sous elle, elle devina que sa sœur s'était redressée.

« As-tu conscience des risques ? demanda l'aînée.

— Oui et rien ne t'oblige à les prendre. Je te l'ai dit et je te le redis : tu peux m'attendre ici.

— Ce n'est pas une option.

— Je m'en vais, Romane. Ce n'est pas une option non plus.

Romane se retourna :

— Te souviens-tu des premiers jours passés sur la route, après l'alerte aux populations ?

— Oui.

— Tu voudrais revivre ça ?

— C'est différent, cette fois-ci. Nous aurons des vivres et de quoi boire.

N'y tenant plus, Romane écrasa sa cigarette sur la table de nuit et agrippa sa sœur par les épaules :

— Chloé, s'il y a une fois, une seule fois dans ta vie, où tu dois me faire confiance, c'est maintenant.

— Ce que tu m'as dit, l'autre jour, derrière les champs de maïs...

— Eh bien ?

— C'est pareil pour moi. Je ne cherche pas à te pourrir la vie, je fais ce que je pense être juste.

— Juste ? Mais qu'y-a-t-il de *juste* à vouloir quitter la

sécurité du gîte pour t'exposer aux éléments ?

   — Je dois retrouver maman. Je sais que papa l'aurait voulu. »

Romane se tut, bouche entrouverte. Ses bras retombèrent sur le matelas. Le coup qu'elle venait de prendre dans l'estomac était si violent qu'elle sentit le goût de son café lui remonter dans la gorge.

Elle déglutit plusieurs fois pour faire refluer l'amertume.

« Papa l'aurait voulu... Papa l'aurait voulu... Papa l'aurait voulu... »

Les mots résonnaient dans son crâne à l'infini.

« Papa l'aurait voulu... »

Un écho lointain, qui l'aspirait dans un trou noir.

« Oui, je sais que papa l'aurait voulu », répéta Chloé d'un ton grave.

36

LE DEPART

Romane se tenait debout face à Alban, sac à dos posé à ses pieds. Tous deux se parlaient à voix basse, leurs visages à quelques centimètres l'un de l'autre. Alban caressait d'un geste naturel les épaules de la jeune femme.

« Eh, doc ! », lança Chloé.

Louis lui fit les gros yeux.

« Tous les trois, nous sommes invincibles ! Je vous la ramènerai saine et sauve, c'est promis !

Alban se retourna et lui sourit :

– Revenez *tous* sains et saufs. »

Romane baissa la tête pour cacher son propre sourire. Elle donna une tape fraternelle sur le bras de son amant, ramassa son sac et fit un pas de côté.

« Allons-y, nous avons de la route à faire ».

Alban se pencha pour l'embrasser, mais elle ne s'en aperçut pas, trop occupée à ajuster les courroies de son barda sur ses épaules. Un peu déçu, vaguement humilié, le jeune médecin croisa les bras et se mit en retrait. Tous les résidents du Gîte du Cabris sans exception, aussi raides que des soldats au garde à vous, regardèrent les trois jeunes gens quitter la cour sans émettre le moindre son.

Les trois silhouettes disparurent bientôt derrière le premier lacet d'un minuscule chemin de terre ombragé.

Alban scruta un à un les visages des hommes et des

femmes restés debout autour de lui. Les regards se détournèrent.

« Vous pouvez avoir honte ! », lâcha-t-il d'un ton sévère.

Boussole en main, Louis foulait la poussière du chemin de son pas élastique, montant et descendant sur ses longues jambes comme un   diable à ressort dans une boîte à musique. Il entendait dans son dos les voix de Romane et Chloé.

Bien qu'il fût trop loin devant elles pour distinguer leurs paroles, le ton de la conversation semblait plutôt détendu. Il laissa tomber son sac à dos au milieu du sentier et les attendit.

« Vous voulez faire une pause, les filles ? demanda-t-il tandis qu'elles arrivaient à sa hauteur.

– Ce n'est pas de refus ! répondit Chloé.

– Depuis combien de temps sommes-nous partis, à ton avis ? », demanda Romane.

Louis hésita :

« Est-ce que... c'est une remontrance ?

La jeune femme posa son sac par terre à côté du sien :

– Non, juste une question.

– Je ne sais pas trop. Je dirais... une heure trente... deux heures maximum. »

Romane s'assit sur son bagage, coudes calés sur les genoux. Un vent tiède soulevait des mèches de cheveux éparses sur son front. Chloé, une simple besace en bandoulière, posa ses fesses sur une large pierre plate en bordure du chemin. Elle tira de sa sacoche une pomme rouge vermillon et croqua dedans à pleines dents. Louis sortit sa gourde en aluminium, but deux longues gorgées au goulot avec un bruit de ventouse qui se décolle, éructa sans élégance et poussa un « aaaah ! » de satisfaction.

Pendant tout ce temps, Romane était restée parfaitement immobile, tête inclinée vers le bas, regard fixe. Elle semblait ailleurs.

« Romane...

– Hm ?

– Tu es triste ? », suggéra Chloé.

L'aînée releva la tête avec un léger sourire, le menton en appui sur son poing fermé :

« Pourquoi veux-tu que je sois triste ?

– A cause d'Alban...

Le sourire de Romane s'élargit :

– Je le connais à peine, je n'ai pas vraiment eu le temps de m'y attacher.

– Tu en parles comme d'un animal de compagnie...

– Non. J'en parle comme d'un homme que je viens tout juste de rencontrer.

– Les gens normaux peuvent très bien éprouver des sentiments pour quelqu'un qu'ils viennent tout juste de rencontrer. Mais je suppose que dans ton monde, les autres sont jetables.

– Chloé, je ne vois pas l'intérêt d'aller sur ce terrain-là.

– Ouais, évidemment que tu n'en vois pas l'intérêt. Ce que je dis n'a jamais d'intérêt, de toute façon.

Romane ravala un soupir :

– Ne repars pas en guerre, sœurette, je ne suis pas ton ennemie.

Elle souriait toujours et Chloé baissa les yeux :

– Désolée, c'est un réflexe...

Cette fois, Romane se mit à rire et l'attrapa affectueusement par le cou :

– Viens-là, chieuse... »

Louis les couva d'un regard attendri. Il avait recroquevillé ses orteils dans ses chaussures de trekking, comme pour se faire tout petit. Il songea qu'il aurait aimé avoir des frères et sœurs.

Fils unique, élevé par une mère célibataire, il avait eu une enfance certes heureuse, mais un peu solitaire.

37

LE GUET-APENS

Le soleil s'était déjà levé par deux fois dans le ciel depuis qu'ils avaient rejoint la départementale déserte. Ils avaient encore de quoi boire et manger pour plusieurs jours, mais leur moral s'affaiblissait. Si Chloé fonçait bille en tête, bien décidée à atteindre la première ville, les deux adultes n'oubliaient pas qu'il fallait conserver assez de vivres pour le trajet de retour vers le gîte, qui s'annonçait inéluctable. Les trois amis marchaient en file indienne le long de la bande d'arrêt d'urgence.

Romane réfléchissait à la meilleure façon de s'y prendre pour convaincre sa sœur de renoncer, quand un reflet disruptif vint frapper sa rétine.

Louis stoppa net :

« Vous avez entendu ce bruit ? demanda-t-il.

— Un pare-brise, souffla Romane.

— Hein ?

Avant qu'elle n'ait pu répondre, un véhicule bâché aux roues gigantesques apparut au sortir d'un virage.

— Un blindé ! hurla Chloé, au paroxysme de l'excitation.

— Un camion cargo », rectifia l'aînée d'une voix à peine audible.

Romane crut d'abord à une hallucination collective. Elle pressa le pouce et l'index de sa main droite contre ses paupières closes, jusqu'à voir danser des papillons bleus entre ses cils. Puis elle rouvrit les yeux avec précaution et son front se rida sous l'effet de l'inquiétude.

« Mettez vos mains en évidence ! intima-t-elle.

— Pourquoi ? », demanda Chloé.

Romane leva les bras, paumes vers l'avant et doigts écartés.

« Montrez-leur vos mains ! », répéta-t-elle d'un ton pressant.

Louis lui décocha un coup d'œil terrifié et s'exécuta. Il venait, lui aussi, d'apercevoir le canon de l'arme que le militaire côté passager pointait dans leur direction. Œil dans le viseur par la vitre ouverte, le soldat les mettait en joue. Chloé, qui jusqu'ici avait gardé les bras le long du corps, leva lentement les mains au-dessus de sa tête.

« Identifiez-vous ! hurla l'homme au fusil.

— Romane Ashlander, fit Romane. Ma sœur, Chloé Ashlander et...

Elle hésita soudain.

— Louis Divano, termina Louis.

— Nous ne sommes pas armés, reprit Romane. Nous sommes des civils. Nos sacs ne contiennent que de l'eau et de la nourriture.

— Et un opinel... dans ma poche avant droite, compléta Louis, un peu gêné.

— Posez tout doucement vos sacs au sol et reculez-vous !

Les trois amis obéirent.

Encore ! », tonitrua l'homme au fusil.

Romane fit un signe de tête impérieux à sa sœur et les trois amis reculèrent de trois pas supplémentaires. Un troisième soldat apparut à l'arrière du camion. Il mit pied à terre et les braqua à son tour, pendant que le passager avant ouvrait sa portière. Le premier homme s'approcha, ouvrit les sacs, les vida sur le bitume sale, puis vint se camper devant Louis pour commencer une palpation.

« J'ai un opinel dans la poche avant droite, rappela Louis d'un ton d'excuse. C'est juste pour couper du fromage et cueillir des baies.

L'homme en uniforme s'empara du couteau pliable et le jeta au milieu de leurs affaires, éparpillées à même l'asphalte.

« R... Romane... bredouilla Chloé alors que le soldat se portait à sa hauteur.

— Ne crains rien, c'est une procédure normale, la rassura l'aînée malgré sa propre appréhension.

— Nous ne vous ferons aucun mal, mademoiselle, confirma l'homme en lui faisant signe d'écarter les pieds avec la pointe de son fusil. Simple mesure de sécurité. »

Pendant que le soldat faisait remonter ses mains le long des jambes de Chloé, les muscles de Romane se contractèrent douloureusement. Les gestes de l'homme au crâne rasé étaient rapides et professionnels, mais la jeune femme craignait une mauvaise réaction de sa sœur. Elle se détendit quand, enfin, il se détourna de l'adolescente pour s'intéresser à elle et se laissa fouiller sans même cligner des yeux.

Une fois sa besogne achevée, l'homme s'écarta :

« Vous pouvez baisser les bras et ranger vos affaires dans vos sacs.

— Même mon opinel ? demanda timidement Louis.

— Même votre opinel, approuva le militaire. Navrés de vous avoir fait peur, mais les routes ne sont pas sûres. Nous convoyons des citoyens en difficultés vers un camp humanitaire. Avez-vous besoin d'assistance ? »

Louis coula à Romane un regard inquisiteur. Il ressemblait à un touriste étranger demandant l'aide de son interprète.

« Nous venons d'une auberge, à deux jours et demi de marche au sud-ouest, répondit Romane. Il y a sur place un peu plus de trente personnes de tous âges. Les accès sont coupés : aucun véhicule terrestre ne peut entrer ni sortir.

— Sont-ils dans une situation d'urgence ?

— Oui.

— Non.

Louis et Romane avaient parlé en même temps.

Non, reprit Romane. Ils ont des réserves de nourriture et d'eau potable pour plusieurs semaines. Lorsque nous sommes partis, il n'y avait aucun blessé, ni malade dont le pronostic vital était engagé.

— Sauriez-vous localiser le site sur une carte ?

Cette fois, c'est Romane qui sollicita Louis du regard.

— Bien sûr, répondit Louis. Vous en avez une ? »

L'homme se pencha à l'intérieur de la cabine, en sortit une carte de la région et la déplia sur le siège avant. Après avoir cerné de feutre rouge la zone désignée par Louis, le militaire proposa aux trois voyageurs de monter à l'arrière du véhicule avec les autres passagers. Il leur expliqua qu'ils faisaient route vers la banlieue d'Agnelet-Les-Lacs, station balnéaire connue pour son gigantesque parc d'attraction, transformé pour l'occasion en centre d'accueil pour les populations démunies.

« C'est à moins de cinquante kilomètres de la maison ! s'exclama Chloé, pleine d'entrain. Maman y sera peut-être !?

— Peut-être, fit Romane sans trop y croire.

— Pourquoi leur avoir dit que les gens restés au gîte n'étaient pas dans l'urgence ? lui demanda Louis à voix basse, sur le ton du reproche.

— Parce que c'est la vérité, répliqua Romane. Il y a sans doute des milliers, voire des millions de gens enfouis sous des décombres qui attendent d'être secourus. Les autorités sont déjà débordées, sinon ce camion se déplacerait en convoi. Dans ce contexte, il faut les laisser établir leurs priorités et ne pas les mobiliser là où il n'y a pas de danger immédiat.

— Je n'avais pas pensé à ça, avoua le jeune homme, mais... n'aimerais-tu pas qu'Alban... ?

— Ne perdons pas de temps », les interrompit le

conducteur, coude à la portière.

Louis aida Chloé à monter dans le camion. Tandis qu'il lui faisait la courte échelle, il passa en revue les rangées de visages gris qui attendaient à l'intérieur. Romane grimpa seule, les deux mains en appui sur la plateforme. Une fois tous les trois sous la bâche kaki, ils cherchèrent une place du regard. Des hommes, des femmes et des enfants étaient assis dans la pénombre. Quelques uns leur souriaient poliment, d'autres les dévisageaient d'un air inexpressif, mais la plupart regardaient le bout de leurs chaussures. Romane sentit une légère pression sur les doigts de sa main droite; sa sœur venait de lui prendre la main. Elle serra la sienne en retour, afin de la rassurer : parmi les passagers, certains avaient de vraies têtes d'assassin. Le militaire remonta à leur suite dans le véhicule, son arme toujours à la main. Les gens se serrèrent sur les bancs de métal pour les laisser s'asseoir.

« Pourquoi leurs fusils d'assaut sont-ils toujours chargés ? demanda Chloé dans l'oreille de sa sœur.

— Pour assurer notre sécurité, j'imagine », répondit Romane, surprise que sa cadette ait remarqué ce détail.

Les bagages des voyageurs étaient entassés à leurs pieds, au centre de la benne. Le roulis faisait tanguer les sacs contre leurs jambes, mais personne ne protestait.

Ils avalèrent les kilomètres pendant plus d'une heure, immergés dans des odeurs de sueur, d'essence et de brûlé. Un paysage morne, noirci par endroits, défilait sous leurs yeux : des arbres au tronc calciné, des ruines recouvertes de cendres, une basket écrasée sur la route, un chat écrasé sur la route...

Un homme agrippa discrètement la manche du soldat assis au niveau du hayon. Les deux hommes échangèrent quelques mots et le véhicule s'arrêta au bout d'une centaine de mètres. Le conducteur resta derrière son volant, tandis que les deux militaires qui l'accompagnaient en descendirent :

« Messieurs-dames ! héla celui qui était à l'arrière. Vous avez dix minutes pour vous dégourdir les jambes et satisfaire vos besoins naturels. »

Chloé s'étira et fit craquer ses phalanges :

« Ça tombe bien, j'ai failli me pisser dessus !

— Chloé... grogna Romane par habitude.

— Oh ça va ! Madame de Fontenay ! Je vais vidanger ma vessie, il n'y a pas trente-six façons de le dire ! »

Romane soupira et l'escorta jusqu'en bordure du bois à l'écart du groupe. Louis les accompagna, s'enfonça à son tour dans les buissons, à une douzaine de mètres de la jeune fille et, après s'être retourné pour s'assurer que plus personne ne le voyait, baissa la fermeture éclair de son pantalon. Dos à Louis et à sa sœur, Romane les attendit à l'ombre de la végétation. Elle hésita à s'allumer une cigarette, mais briquet et cigarettes étaient restées dans son sac, à l'intérieur du camion, or les militaires semblaient nerveux. Elle jugea préférable de ne pas retourner au véhicule avant les autres. Un bruit de ruissellement lui indiqua que Louis était en train d'uriner sur les feuilles desséchées. Elle patienta jusqu'à entendre le zip de sa fermeture éclair.

« Chloé ! », appela-t-elle.

Pas de réponse.

« Chloé ! Tu as fini ?

— Ouais ouais, j'arrive ! »

L'aînée se retourna brièvement pour apercevoir sa sœur à travers les branchages.

— Magne-toi ! »

Tandis que Chloé rajustait les bretelles de sa salopette, l'attention de Romane fut attirée par un mouvement sur la route, à l'arrière du camion. Elle vit briller le canon d'une arme à feu, mais ne reconnut pas le HK416 des militaires. C'était un Uzi. Plusieurs pistolets mitrailleurs Uzi, dans les mains de quatre hommes qui ne portaient pas d'uniforme.

« On s'arrache ! » fit Romane.

Sans attendre plus d'explications, les trois amis se mirent à courir à travers les buissons. Tandis que les branches leur fouettaient le visage, une série de détonations se fit entendre derrière eux.

« Ne t'arrête pas ! » lança Romane à sa sœur, qui s'était retournée.

Chloé recommença à courir, les jambes soudain flageolantes. Elle tomba une première fois, se releva sur les mains, fit deux ou trois mètres à quatre pattes avant de réussir à se remettre debout, se prit les pieds dans une racine et chuta à nouveau. Elle releva son visage couvert de brindilles et sursauta quand quelqu'un tomba à genoux devant elle :

« Tais-toi ! souffla Romane. Ils ne nous suivent pas. »

Louis s'était accroupi un peu plus loin, dissimulé par l'épaisse végétation. Il osait à peine respirer. Romane et lui échangèrent un regard interrogateur. Chacun des deux hocha la tête pour signifier à l'autre que tout allait bien, puis Romane lui fit signe de reprendre sa progression vers l'avant. Genoux à demi pliés et épaules courbées, il recommença à avancer sans faire de bruit. Romane et sa sœur le suivirent.

« Tu me fais mal… », geignit Chloé.

Romane lâcha son poignet. Elle l'avait serré tellement fort qu'il lui fallut plusieurs secondes avant d'arriver à ouvrir complètement les doigts.

Pendant près de quarante-cinq minutes, le trio avança en silence, veillant à ne pas faire craquer les feuilles sous leurs pas. De temps à autre, Romane jetait un coup d'œil en arrière afin de s'assurer que les attaquants ne les cherchaient pas. Alors que la lumière du jour déclinait, ils finirent par s'arrêter sous un étrange rocher en forme de tête d'aigle. Le bruit de leur respiration était désormais le seul perceptible au milieu de la forêt.

« Qu'est-ce qu'ils nous voulaient, à ton avis ? demanda Chloé, le souffle encore saccadé.

— Sans doute nous voler, répondit Romane.

— Mais nous voler quoi, bordel ?! On s'baladait pas dans un fourgon de la Brink's !!!

— De la nourriture, des bijoux, de l'essence... le véhicule... je n'en sais rien.

— Heu... Romane... s'immisça Louis.

— Quoi ?

— Tu te souviens, quand tu m'as remercié pour la barre de céréale et tout le toutim ?

Elle posa sur lui son regard bleu acier et attendit.

Bin... Y a vraiment pas de quoi !

Romane secoua la tête avec une grimace d'incompréhension.

Je ne sais pas pour combien de temps, mais tu viens de nous sauver la vie ! Je parie que quand tu étais petite, ton héroïne préférée, c'était Xéna la guerrière.

Elle leva les yeux au ciel :

— Ce n'est pas le moment de plaisanter, Louis.

— Je sais », dit-il, le regard éteint.

Les paupières lourdes, Louis sondait l'obscurité. Les filles s'étaient endormies depuis longtemps, allongées en cuillère l'une contre l'autre. Il les écoutait respirer à l'unisson, sourdes aux stridulations des grillons dans la nuit. Chloé reposait dos à la paroi de granit, le nez dans les cheveux de sa sœur. Ça aurait pu être un hasard, mais Louis savait qu'il n'en était rien. Romane avait volontairement installé la benjamine entre la protection de la roche et le rempart dérisoire de son propre corps.

« Une vraie chienne de garde », songea-t-il, entre amusement et mélancolie.

38

PERDUS DANS LES BOIS

Agenouillée au bord de la flaque, Chloé but à même la terre. Louis plongea ses deux mains en coupe dans l'eau et en porta une petite quantité à ses lèvres. Romane, restée debout, fouilla la végétation alentour du regard. Ne percevant aucun mouvement suspect, elle posa à son tour un genou sur le sol, prit un peu de liquide trouble au creux de ses paumes et l'aspira silencieusement. Il avait un goût atroce.

Ils marchaient en sous-bois depuis deux bonnes heures et n'avaient rien bu ni manger depuis la veille. De peur de retomber sur les hommes en armes, les trois marcheurs se tenaient loin de la route. Du moins, ils essayaient de le faire, car la boussole de Louis était restée dans son sac à dos. Après s'être désaltérés dans l'eau stagnante (sans doute remplie de bactéries, songea Romane), ils reprirent leur marche sous la canopée. Ils suivaient le dénivelé du terrain, dans l'espoir de tomber sur un cours d'eau. Louis avait expliqué que, selon le principe du ruissellement, il fallait toujours progresser sur une pente descendante pour espérer trouver de l'humidité. Chaque dépression devait être systématiquement explorée; c'est d'ailleurs ce qui leur avait permis de trouver la flaque boueuse dans laquelle ils venaient de se désaltérer.

« Putain de merde ! jura Chloé.

Romane se retourna :

- Qu'est-ce qui t'arrive ?
- Rien, c'est bon ! s'agaça la jeune fille.
- Tu t'es fait mal ?
- Mais non, dégage ! lui fit-elle avec un geste impatient de la main.
- Parle-moi autrement, dit Romane qui, par effet de contagion, sentait la moutarde lui monter au nez.
- J'ai mes règles, voilà, merde ! Je suis toute collée, ça pue, c'est dégueulasse !

Romane émit un léger rire et s'arrêta pour l'attendre.

C'est pas drôle, putain !

- Arrête un peu de jurer, s'il-te-plaît, dit l'aînée d'une voix indulgente.
- Je voudrais t'y voir...

Louis s'était arrêté à son tour, à quelques mètres devant elles :

- Que se passe-t-il, les filles ?
- Avance, on te rejoindra, lui répondit Romane.
- Non non, prenez votre temps, je vous attends.
- Louis, pars devant, s'il-te-plaît », insista Romane avec un sourire amical.

Louis comprit que la jeune femme voulait rester seule avec sa sœur, hocha la tête et se remit à marcher. Romane attendit qu'il ait fait quelques pas, déboutonna sa chemise en jean et la retira sans empressement.

« Qu'est-ce que tu fais ? », demanda Chloé d'un ton hargneux.

Sans parler, l'aînée mit le vêtement entre ses dents au niveau des coutures de l'épaule et tira dessus jusqu'à entendre le craquement des fils de coton qui se rompaient. Elle sépara la manche gauche du reste de sa blouse, la plia en deux et la tendit à sa sœur :

« Mets ça dans ton pantalon.

Chloé écarquilla les yeux :

— Tu délires ?

— Je n'ai pas de serviette hygiénique sous la main et au cas où ça t'aurait échappé, il n'y a pas de drugstore dans les environs.

La jeune femme secoua le chiffon au bout de son bras : Tiens !

Chloé saisit la bande de tissu arraché d'une main hésitante :

— Merci, mais... c'était pas la peine de niquer ta *Levi's* pour ça, fit-elle, embarrassée.

— Tu m'en offriras une neuve quand tu seras devenue ingénieure, répondit Romane. Et pour la centième fois, surveille un tout petit peu ton vocabulaire, sinon ce sont mes oreilles qui vont se mettre à saigner. »

Le *crac* du tissu dans le silence de la forêt avait interpelé Louis, qui s'arrêta de nouveau :

« Vous êtes sûres que tout va bien ? appela-t-il.

— Certaines, répondit Romane. Peux-tu ne pas te retourner pendant cinq minutes, s'il-te-plaît ?

— Heu... Ouais, fit-il en pivotant sur lui-même pour leur tourner le dos.

— Merci. »

Il s'immobilisa, raide comme un piquet, oreille tendue pour essayer de capter des bribes de leur conversation. Après tout, Romane lui avait demandé de ne pas regarder, pas de ne pas écouter. Pendant environ deux minutes, il n'entendit que des froissements indistincts puis, enfin, le bruit des semelles qui foulaient l'humus. Il se gendarma pour ne pas tourner la tête.

« Qu'est-il arrivé à ta chemise ? demanda-t-il quand Romane passa à sa hauteur.

— Rien. Un truc de filles.

Louis étira le cou à la manière d'un gallinacé qui

découvre un objet insolite :

    — Quel rapport entre un vêtement déchiré et un truc de filles ? Tu essaies de créer une nouvelle mode, c'est ça ?

    — Quelque chose dans le genre.

    — Non mais sérieusement : elle est passée où, ta manche de chemise ?

    — J'ai mes règles, andouille, intervint Chloé d'un ton blasé.

    — Ah... Heu... Merci pour cette confidence, mais ça ne me dit pas ce que ta sœur a fait de la manche de son vêtement.

    — T'es pas fin, hein ? », fit Chloé en le regardant par en-dessous avec un sourire moqueur.

Le regard de Louis passa de l'une à l'autre, interloqué. Romane gardait les yeux baissés, les commissures des lèvres délicatement relevées dans un sourire réprimé. Comme Louis fixait à nouveau Chloé, le regard de cette dernière glissa vers l'entrejambe de sa salopette.

Louis sursauta violemment :

« Aaaah ! Beurk ! Non mais j'veux rien savoir, en fait !

    — C'est bien ce qu'il me semblait », dit Romane d'un ton laconique.

Le jeune homme rougit comme une pivoine :

« Ouais heu... excuse-moi pour le *beurk*, Chloé... Je sais que ce sont des trucs naturels et tout, c'est seulement que heu... enfin... tu vois, quoi... nous les mecs, heu...

    — Oh oui, je sais ! Vous les garçons, vous tournez de l'œil à la simple idée d'un peu de sang qui coule.

L'adolescente, soudain très animée, semblait se réjouir de l'embarras de son ami.

    — Je propose de clôturer le sujet. », dit Romane d'un ton presque interrogateur.

Louis leva aussitôt la main :

« Je vote pour ! »

Ils reprirent leur marche en silence.

Assise contre le tronc d'un pin parasol, Romane avait l'impression d'être revenue à son point de départ, vingt-quatre heures après le premier impact et le déclenchement de la sirène. A la différence près que le danger ne venait plus du ciel. Elle n'imaginait que trop bien le sort qui leur serait réservé, à sa sœur et elle, si le groupe d'hommes aux Uzi les capturaient. S'ils les capturaient *vivantes*, se surprit-elle à penser.

« Je vais aux Water Closet ! », dit Chloé d'un ton obséquieux en parodiant une révérence.

Romane hocha la tête, ignorant la provocation. Les menstruations de la jeune fille étaient pour elle une préoccupation supplémentaire. Quatre heures s'étaient écoulées depuis qu'ils avaient bu dans une minuscule flaque d'eau de pluie et ses saignements risquaient d'accélérer le processus de déshydratation. Il fallait qu'ils atteignent la rivière, une source, ou même un ruisseau, avant la tombée de la nuit. Et puis, près de l'eau, il y aurait peut-être des baies comestibles.

« C'est la première fois que je vois quelqu'un donner sa chemise au sens littéral du terme », dit Louis d'un ton distrait.

Romane eut un sourire poli; le genre de sourire habituellement adressé aux parents qui vous racontent les péripéties scolaires de leur petit dernier.

« Tu as conscience que ton corps n'est pas à l'épreuve des balles, n'est-ce pas ?

La jeune femme avait gardé le sourire, mais le fixait désormais d'un œil intrigué.

— Je veux dire... j'admire ton sens du sacrifice, mais s'il t'arrive quoi que ce soit, elle n'aura plus personne pour veiller sur elle.

— Ne t'en fais pas pour Chloé, je n'ai pas prévu de
décéder tout de suite, dit-elle avec une pointe
d'humour noir.
— C'est plutôt pour toi que je m'inquiète.
— Tu peux. Je n'ai pas pu m'en griller une depuis
vingt-quatre heures, je commence à avoir les
nerfs à vif.
— Tu aurais pu mourir dix fois depuis que je te
connais. Et je te connais depuis à peine un mois.
— Nous aurions *tous* pu mourir dix fois.
— Peut-être, mais la seule de nous trois à se placer
délibérément devant la bouche des armes à feu,
c'est toi.
— *Délibérément,* tu grossis le trait.
— A peine ! Tu connais Alfred de Vigny ? Il a écrit
un célèbre poème qui s'appelle *La Mort du Loup.*
Louis semblait penser qu'elle ignorait tout des poètes
maudits du XIXe siècle, mais elle en fit abstraction et le
laissa poursuivre.
Le texte parle d'un loup qui sacrifie sa vie devant
des chasseurs, pour permettre à sa louve et à ses petits de
s'enfuir.
— Dans cet apologue, ton loup ne se rend jamais. Il
combat jusqu'à son dernier souffle.
— C'est vrai, admit Louis. Où veux-tu en venir ?
Romane soupira :
— Nulle part, Louis, c'est toi qui a commencé à
parler de ce poème.
— Si tu l'as déjà lu, j'imagine que tu comprends
l'analogie.
— Franchement, Louis, je ne me sens pas en jambe
pour débattre de figures de style, de questions
philosophiques ou... existentielles. Chloé est
encore mineure; en l'absence de maman, c'est
moi qui suis garante de ses actes comme de sa
sécurité. Ça ne va pas plus loin.

– Parce que tu veux me faire croire que dès qu'elle sera majeure, tu cesseras de la chaperonner ?

– Non.

– Pourquoi ? », demanda-t-il avec une curiosité sincère.

Romane haussa les épaules avec un sourire désarmant :

« Parce que je l'ai promis à papa ? », dit-elle d'une voix chantante qui resta en suspens.

Louis fut surpris par les inflexions juvéniles de cette voix, qui était soudain montée dans les aigus avec des accents d'incertitude et de crainte. La phrase ressemblait plus à une quête d'approbation qu'à une affirmation.

« Chloé m'a raconté qu'à l'âge de dix ans, elle était restée coincée sous un canot pneumatique qui s'était retourné, reprit Louis. Elle se souvient juste avoir bu la tasse, puis s'être retrouvée l'instant d'après allongée sur la plage en train de cracher ses poumons. Elle suppose que quelqu'un a plongé pour la remonter. C'était toi ?

Romane se contenta de maintenir sur lui son regard bleu insondable.

C'était toi, n'est-ce pas ?

Elle baissa finalement les yeux :

– Quelle importance ?

Bien qu'elle ne le regardât plus, il lui sourit :

– Je suis content de te connaître.

Il y eut un court silence, puis :

– J'ai tout foiré, Louis. Absolument tout.

– J'ignore ce que tu ranges dans ton *tout*, mais pour le peu que j'en ai vu, je suis déjà en mesure d'affirmer que c'est faux.

– Quand papa est décédé, il m'a fait promettre de prendre soin de maman et Chloé. Je n'avais que *ça* à faire, martela-t-elle, *prendre soin de maman et Chloé*. Et j'ai échoué. Je n'ai su protéger aucune des deux.

— Avec tout le respect que je dois à ton défunt père, commenta Louis, il n'avait pas le droit de te mettre ça sur les épaules. »

Romane se passa les deux mains dans les cheveux et les ébouriffa avec rage, comme si son cuir chevelu la démangeait, avant de rejeter la tête en arrière, visage tourné vers la cime des arbres. Louis vit briller le coin de ses paupières et lui prit doucement les mains.

« Je suis content de te connaître », répéta-t-il.

Cette fois, elle le regarda.

Il lui sourit avec chaleur :

« Vraiment content », ajouta-t-il, tenant toujours ses mains dans les siennes.

39

INDICE DE CIVILISATION

Louis égrena un peu de mousse brun-vert du bout des doigts. Il souffla sur la cendre pégueuse qui colorait son épiderme, puis secoua la main.

« L'eau n'est pas loin, dit-il, songeur.

– Tu crois que nous avons retrouvé la rivière ? demanda Chloé.

– La rivière, non, sinon nous entendrions déjà le bruit du courant. Mais nous nous rapprochons d'un point d'eau.

– J'ai la salive en coton, fit Chloé. Alors même si ton point d'eau, c'est de la pisse de renard, je la boirai ! »

Ils marchèrent vingt minutes supplémentaires avant de percevoir enfin un léger clapotis en contrebas. Chloé sauta par-dessus le talus d'un bond aérien, au risque de se rompre une cheville. Elle atterrit deux mètres plus bas, genoux pliés et mains au sol, comme un sprinter qui attend le départ.

« J'en peux plus, de cette môme ! », s'exaspéra Romane en se passant une main sur la joue.

Louis posa sur elle un regard interloqué, surpris – presque choqué – de l'entendre parler ainsi de sa sœur.

« Quoi ? jappa-t-elle d'un ton agressif quand elle vit qu'il la dévisageait.

– Non non, rien », répondit-il prudemment.

Romane descendit le talus sur les fesses, jambes fléchies et mains en arrière pour se retenir. Quand elle arriva tout en bas, sa sœur était déjà en train de boire l'eau claire du ruisseau. « De la rigole, plutôt », pensa Romane, tant le filet d'eau était ténu. Puis elle se rappela ce qui avait fait bondir son cœur dans sa poitrine trente secondes plus tôt et sentit la chaleur lui monter au visage :

« Chloé, bordel ! Si tu t'étais cassée une jambe, on faisait quoi ?!

– Tu devrais arrêter de jurer, grande sœur », dit Chloé d'un ton roublard, le menton ruisselant du précieux liquide.

Romane émit un « rrrrrr » guttural, dents serrés. Louis, qui les avait rejoints au même moment, eut l'impression d'entendre un feulement de fauve furieux.

« Vous allez vous engueuler ? demanda-t-il, sur la défensive.

– Non ! », cria presque Romane.

Nouveau feulement :

« Rrrrr ! Vous me rendez chèvre, tous les deux !

– Tous les deux ? demanda Louis, stupéfait.

– Oublie ça. »

La jeune femme se rinça le visage à l'eau fraiche, but avec avidité, avala une gorgée de travers, toussa et finit par s'asseoir dans la terre humide, la jambe gauche repliée sous elle, les bras réunis autour de son genou droit. Elle releva la tête et longea du regard l'arête du talus au-dessus d'eux. Le manque de visibilité la rendait nerveuse.

« Oh ! », s'écria Louis.

Romane sursauta et se tourna vivement dans sa direction. Il s'était penché pour extirper quelque chose de la terre meuble.

« Qu'est-ce que c'est ? demanda Chloé

— On dirait un téléphone », répondit le jeune homme en nettoyant l'objet contre son T-shirt déjà sale.

Romane se leva, le visage fermé.

« Est-ce qu'il marche ? », demanda Chloé, qui regardait par-dessus l'épaule de son ami.

Louis enfonça un petit bouton situé sur le côté de l'appareil, un Nokia, bien connu pour sa robustesse. Au bout d'un court instant, un discret carillon se fit entendre.

Les mâchoires de Romane se contractèrent et ses yeux se portèrent aussitôt dans toutes les directions.

« C'est génial ! hurla Chloé.

— Chut ! fit Romane.

— Est-ce qu'il capte ? reprit Chloé sans lui prêter attention.

— Boucle-la ! », siffla l'aînée.

Louis, soudain conscient que la jeune femme ne plaisantait pas, fronça les sourcils :

« Qu'y-a-t-il ?

— Taisez-vous ! », dit-elle dans un souffle.

Chloé et Louis se regardèrent, puis regardèrent Romane. Un silence pesant flotta autour d'eux.

« Qu'es... commença Louis.

— Ce portable appartient forcément à quelqu'un. Quelqu'un qui pourrait être tout près.

— Penses-tu que nous ne sommes pas seuls ? », chuchota Louis.

Romane fut tentée de l'envoyer balader. Elle en avait plus qu'assez de *leurs* questions. Elle avait l'impression de passer sa vie à répondre aux questions des autres, alors que personne n'avait jamais répondu aux siennes. Son existence entière était un *Trivial Pursuit* géant.

« Je n'en sais rien, répondit-elle en escaladant le talus. Remontons. Nous sommes trop vulnérables, ici. »

Chloé et Louis grimpèrent à sa suite. Une fois tous les trois parvenus en haut de la pente, Romane mit un doigt sur sa bouche. Elle écoutait le silence. Au bout d'une longue minute, ses épaules s'affaissèrent légèrement. Elle baissa les yeux sur la coque grise du téléphone, que Louis tenait toujours dans les mains.

« Est-ce qu'il y a du réseau ?
— Il est verrouillé.
— Essaie le 112.
— Quoi ?
— Compose le 112. Tu n'as pas besoin de déverrouiller le système pour appeler les secours »

Louis pianota sur l'écran, dubitatif. Un bref « bip-bip-bip » lui confirma qu'il n'y avait aucun signal.

« Déplace-toi un peu et réessaie », insista Romane.

Le jeune homme fit quelques pas sur le côté et lui montra l'écran.

« Il faut continuer à progresser en parallèle à la route. Le 112 fonctionne avec très peu de réseau : si jamais une station a été remise en service dans un rayon de trente kilomètres, nous arriverons à accrocher un signal.

Louis écarta les bras en signe d'impuissance :
— Il n'y a aucune connexion, Romane. Néant, zéro, nada.
— Les militaires avaient forcément un système de liaison avec leur base.
— En admettant que ce soit le cas, tu sais mieux que moi que les communications de l'armée sont cryptées et passent par des réseaux invisibles du grand public. »

Romane grinça des dents : il avait raison. De toute façon, elle ne se souvenait pas les avoir entendus utiliser leur radio.

Louis s'assit en tailleur dans l'herbe grise, essuya la sueur sur sa tempe d'un coup de tête au creux de son épaule et recommença à pianoter sur la surface vitrée du smartphone, comme un gamin absorbé par sa console de jeu. Sans trop y croire, il fit glisser ses pouces sur l'écran et tapota le 0000 dans la barre du code PIN. Le Nokia se déverrouilla avec un léger tintement. Un clignotement en haut à droite de la petite lucarne lui indiqua que la batterie était dans le rouge.

Durant quelques minutes, il fouilla le téléphone à la recherche d'informations intéressantes. Il ne savait pas lesquelles exactement, mais faire défiler les images lui occupait les mains et l'esprit. Romane jeta un dernier coup d'œil à travers la végétation environnante et se détendit.

« Il y a une playlist, remarqua Louis à voix haute. Tu connais *Walk The Moon* ? »

Romane arqua un sourcil et le jeune homme posa un doigt sur l'écran tactile. Les premières notes de *Shut Up and Dance* s'élevèrent dans les airs. Louis se remit debout, lui tendit les mains et commença à danser d'un pied sur l'autre en guise d'invitation. La jeune femme secoua la tête, un sourire vague au coin des lèvres. Une brusque poussée dans son dos la fit trébucher vers l'avant et se rattraper à ses bras. Elle se retourna et vit Chloé qui lui tirait la langue. L'adolescente sautait sur place, les bras en l'air, au son de la musique. Romane fit deux pas dans sa direction, tourna sur elle-même et lui envoya un coup de hanche. Chloé le lui rendit aussitôt. Le sourire de Romane s'élargit, elle glissa les pouces dans les passants de son jean et entama quelques pas de danse country, avant de s'interrompre et de regarder sa sœur, le menton relevé en signe de défi. La jeune fille l'imita et releva le menton à son tour. Romane applaudit lentement, une moue admirative sur le visage, puis démarra une nouvelle série de pas plus complexes. Louis la suivit, les yeux rivés sur ses pieds et Chloé enchaîna dans une synchronisation parfaite. A la fin du morceau,

Romane partit d'un fou rire irrépressible et attrapa ses partenaires de danse par la taille.

Au même moment, l'écran du téléphone redevint noir.

40

LA FAIM

A l'exception de quelques baies et feuilles comestibles que Louis cueillait de la pointe de son opinel, les trois voyageurs n'avaient rien mangé depuis plus de quarante-huit heures. Ils progressaient en surplomb du ruisseau, descendant s'y abreuver à tour de rôle.

Romane était peu sensible à la faim. Son estomac semblait s'être naturellement rétréci depuis l'époque où elle se nourrissait de biscottes et de café, dans l'attente de ses premiers salaires. Mais elle était inquiète pour Chloé, qui n'avait plus même la force de se plaindre depuis plus de deux heures. La jeune fille avait sensiblement ralenti l'allure et trébuchait de plus en plus souvent. Elle avait le teint pâle et les traits tirés.

Romane s'arrêta, attendit qu'elle arrive à sa hauteur et lui prit la main :

« Je suis fière de toi. Tu le sais, ça ?

Chloé leva sur elle de grands yeux étonnés.

Allez, viens ! », fit l'aînée sans attendre sa réponse.

Les deux sœurs recommencèrent à avancer, main dans la main, au rythme de la plus jeune. Au bout de vingt minutes, Romane passa un bras autour de sa taille pour la soutenir et au bout de trente, Louis cala son pas sur le leur. Sans rien dire, il mit le bras droit de Chloé autour de son cou et lui enserra la taille à son tour. Ainsi encadrée, Chloé marcha encore près de trois kilomètres, avant de ramollir soudain et de tomber à genoux.

Allongée sur le dos, yeux grands ouverts, la jeune fille fixait la faible lueur du ciel qui perçait à travers le feuillage. Quelqu'un lui tapotait le visage :

« Eh ! Ça va aller, ma grande ? », demanda Louis.

Elle hocha imperceptiblement la tête et s'humecta les lèvres.

« Romane ?

— Je suis là.

— Je me sens faible.

— Tu as besoin de manger, c'est tout. »

Chloé fit pivoter sa tête sur le côté. La douceur de l'humus sous sa joue la réconforta.

« T'as pas un steak-frites avec du ketchup ? », demanda-t-elle d'une voix éteinte.

Romane eut un petit rire forcé :

« Tu ne peux pas t'empêcher de faire la maline, hein ?

— T'es jalouse parce que je suis plus drôle que toi.

— Mais oui, bien sûr », dit l'aînée en lui pinçant la jambe.

Louis se gratta le menton. Il fut surpris d'entendre ses ongles crisser sur les poils de sa barbe et leva ses deux mains devant lui pour les examiner. Ses ongles étaient longs, crasseux, cassés à leurs extrémités, les cuticules noires et rétractées à leurs bases. Quelqu'un lui secoua l'épaule.

« Quoi ? fit-il, un peu confus.

— Essaie de ramasser un maximum de baies, répéta Romane. Elle a besoin de sucre.

Elle jeta un coup d'œil à sa sœur :

Et si jamais tu croises un steak-frites, ramène-le

aussi.

    — Avec du ketchup, compléta Chloé.

    — Des baies, un steak-frites et du ketchup, récapitula Louis. Quelle cuisson, pour la viande ?

    — A point, dit l'adolescente, qui avait ramené les deux mains sur son ventre pour contenir un gargouillement.

    — C'est noté !

    — Je n'ai jamais été autant fatiguée de ma vie, murmura Chloé, toujours étendue dans les aiguilles de pin.

    — Tu te sentiras mieux une fois que tu auras mangé, lui dit sa sœur.

    — Et si je ne me sens pas mieux ?

    — Eh bien, Louis et moi te laisserons crever ici et nous irons nous commander un Coca à la terrasse d'un café, dit Romane d'un ton léger.

    — Et un steak-frites ?

    — Et un steak-frites, naturellement.

    — Avec du ketchup ?

Romane fit la grimace :

    — Je déteste le ketchup. Moutarde de Dijon, pour moi.

Chloé eut un pauvre sourire :

    — Tu vois que tu peux être drôle, toi aussi ?

    — Tu en doutais ?

    — Non, grande sœur. Je n'ai jamais douté de toi. »

Romane lui rendit son sourire et souleva d'une pichenette une mèche de cheveux châtain qui barrait son front. Elle cueillit une tige de chiendent, la glissa entre ses dents, croisa les jambes devant elle et s'allongea à côté de sa sœur, les mains derrière la tête. Pendant près de cinq minutes, les deux femmes n'entendirent que les bruits de la végétation écrasée par les gros godillots de Louis.

    « Chloé...

— Hm ?

Romane chercha ses mots un instant.

— Je veux que tu restes avec moi, d'accord ?

— Où veux-tu que j'aille ? », répondit faiblement la benjamine.

L'aînée cracha sur le côté l'herbe qu'elle était en train de mâchouiller et tourna son visage vers celui de sa sœur :

« Non, je veux dire, si nous retrouvons maman...

— *Quand* nous aurons retrouvé maman, la coupa Chloé.

— Oui, *quand* nous aurons retrouvé maman, je veux que tu restes avec moi, d'accord ?

Chloé parut d'abord ne pas comprendre et fronça les sourcils.

Chez moi, précisa Romane. Jusqu'à ce que tu puisses voler de tes propres ailes. Je te promets qu'il y aura toujours une bouteille de ketchup dans le frigo.

— T'es con... fit Chloé avec un petit rire.

— Je sais.

Un silence, puis :

— T'es sérieuse ?

L'aînée hocha la tête sans la quitter des yeux.

— Maman resterait toute seule ? »

Romane ouvrit la bouche pour parler, puis la referma. Dans son scénario, elle avait complètement gommé cette donnée de l'équation.

« Nous irons la voir toutes les semaines, dit-elle finalement.

— Et pourquoi est-ce que toi tu ne reviendrais pas à la maison avec nous ? »

Romane fut prise au dépourvu par cette proposition. Elle faillit rugir un « pas question ! », mais les mots moururent au bord de ses lèvres. Elle ne voulait pas replonger dans cet enfer, elle voulait en sortir sa sœur. Mais elle ne pouvait pas non plus exiger d'elle qu'elle abandonne sa mère. « *Notre* mère », se corrigea-t-elle aussitôt.

Elle se cogna volontairement le crâne contre la terre et se redressa en position assise dans une sorte de spasme, les deux mains sur les oreilles. Chloé lui dit quelque chose qu'elle ne comprit pas. Elle l'entendait de très loin, comme à travers un mur de briques. Elle s'imagina en train de fumer une cigarette géante, dont les vapeurs toxiques lui brûlaient la gorge et les poumons à chaque délicieuse bouffée. Elle sentait physiquement la fumée s'insinuer dans chaque cellule de son organisme. « Une clope... mon royaume pour une clope ! », songea-t-elle. « Une clope et une camisole de force dans une jolie cellule capitonnée ». Une sensation de griffure sur sa hanche la tira de ses fantasmes. Elle releva prestement le coude et vit le poing de Chloé qui déformait le bas de sa chemise. Sa sœur la regardait de ses grands yeux bistres :

« Tu me fais peur, grande sœur...

Romane entreprit de desserrer un à un les doigts de l'adolescente, toujours en prise sur un pan de sa blouse :

— Désolée, je rêvais juste d'une cigarette; c'est mon steak-frites à moi.

La main de Chloé redescendit à plat sur le sol grisâtre :

— Maman a fait une cure, l'an dernier.

— Je sais.

— La prochaine fois, ça pourrait marcher, hasarda-t-elle.

— Oui, souffla Romane. La prochaine fois, ça pourrait marcher. »

Elle avait passé des heures, au téléphone et en face à face, à essayer de convaincre leur mère de se soigner. Tout ça pour la trouver avec une bouteille d'alcool ménager cachée sous son lit d'hôpital dès sa première visite.

« Et la marmotte... », chuchota-t-elle pour elle-même.

Le craquement d'une branche morte la fit lever les yeux. Louis revenait, tout sourire, le bas de son T-shirt tendu devant lui à la manière d'un tablier.

« Les filles ! lança-t-il fièrement. Je nous ai préparé une salade de fruits !

— La récolte a été bonne ? l'interrogea Romane poliment.

— Pas mal, pas mal !

Il s'agenouilla pour lui montrer son butin, un mélange de mûres, de fraises des bois et de cynorhodons.

Le plein de fer et de vitamines C pour notre petite anémiée !

— J'suis pas petite, grommela Chloé.

— Tu peux t'asseoir ? », lui demanda sa sœur.

Chloé décolla péniblement ses épaules du sol et Romane l'aida à basculer en position assise. Louis déversa les baies à ses genoux :

« Fais Aaaaa, dit-il en piquant une fraise pour la présenter devant la bouche de la jeune fille.

— Arrêteu ! protesta-t-elle en tournant la tête.

— Ah ben voilà ! Tu râles enfin, c'est que ça va déjà mieux ! »

Romane ne put s'empêcher de sourire.

41

LE REFUGE

Louis fut le premier à repérer l'éclaircie à travers les troncs épais des chênes et des pins forestiers. Il s'arrêta pour attendre les filles, mains sur les hanches.

« Il y a une clairière, là-bas ! », dit-il alors que Romane le rejoignait.

Elle suivit la direction de son regard.

« On va voir s'il y a quelque chose ? », demanda-t-il.

Chloé s'immobilisa à son tour à côté d'eux :

« Et si jamais il y avait ces types, avec les fusils ?

Louis fit la moue :

— Peu de chance qu'ils aient quitté la route. Ils doivent être loin, maintenant.

Il se tourna vers Romane :

Qu'en penses-tu ?

— Rien. »

Chloé et Louis la regardèrent en silence, dans l'attente d'une réponse plus construite. Au bout de quelques secondes, elle soupira :

« Je passe devant. »

Elle se remit à marcher sans hâte. Au fur et à mesure qu'elle se rapprochait du halo lumineux, ses deux compagnons de voyage se resserraient dans son dos. Arrivée à la lisière du bois, elle hésita à faire un pas à découvert. Elle se faisait l'effet d'être un paratonnerre au centre d'un orage. Elle se mit sur la pointe des pieds et étira son cou vers l'avant pour voir le plus loin possible. Ils n'étaient pas à l'orée d'une clairière, comme l'avait pensé Louis, mais d'une vaste prairie. Romane ne repéra aucun bâtiment à l'horizon, mais la dépression du terrain ne permettait pas de voir au-delà d'une centaine de mètres. Elle songea que si Louis n'avait pas gaspillé la batterie du Nokia, ils auraient pu retenter leur chance maintenant : il était toujours plus facile d'accrocher un signal en plaine.

« Tu vois quelque chose ? », chuchota Louis dans son cou.

Le souffle tiède du jeune homme sur sa nuque lui provoqua un frisson désagréable et elle se retourna d'un bloc :

« Ne me colle pas comme ça, Louis ! »

Il recula d'instinct et écrasa du talon les orteils de Chloé, qui poussa un cri strident :

« Aïeuuu, mais fais gaffe, bordel!

— Pardon, pardon ! », dit-il hâtivement.

Romane les fixa avec une expression de stupeur sur le visage :

« Vous le faites exprès ou quoi ?

— Quoi ? demanda Chloé, occupée à masser le bout de sa chaussure.

— Arrêtez de faire du bruit ! »

Même si elle n'avait pas parlé fort, la jeune femme avait détaché chaque syllabe, de sorte qu'un sourd et muet aurait pu lire sur ses lèvres. Louis et Chloé échangèrent un regard coupable.

« Restez ici, dit Romane en se tournant à nouveau vers les champs.

— Où vas-tu ? demanda sa sœur.

— Tu m'attends là, c'est tout. »

L'aînée avança dans l'herbe sèche, qui lui montait à la hauteur des genoux. Elle n'avait pas fait vingt pas qu'une odeur de putréfaction agressa ses narines. Une nuée de mouches bourdonnantes formait un petit nuage sombre dans le ciel laiteux. Elle resta un pied en l'air, saisie par une frayeur sans nom. Les battements de son cœur s'accélérèrent. L'espace d'un instant, elle faillit faire demi-tour et courir vers la sécurité des arbres. Le poids de son corps sur sa jambe d'appui la ramena à la réalité et elle termina sa foulée. Elle se mit à réfléchir. Elle avait peur de ce qu'elle allait découvrir sous l'essaim, mais ils ne pouvaient pas rester tous les trois éternellement cachés dans les bois. Même s'ils avaient trouvé de l'eau, ils avaient besoin de nourriture et de protection. Ils avaient besoin d'aide. Elle se boucha le nez et se dirigea vers le tourbillon d'insectes nécrophages. Une masse arrondie se dessinait peu à peu au-dessus de l'herbe. Dans son dos, elle entendit soudain le bruit d'une course effrénée. Elle n'eut pas le temps de faire volte-face. Chloé percuta son omoplate gauche et elle dût faire un pas en avant pour se rétablir.

« Pouuah ! C'est dégueulasse ! fit l'adolescente, les deux mains cramponnées à ses épaules.

— Est-ce que je ne t'avais pas demandé de m'attendre ? dit Romane avec humeur.

— C'est une vache, non ?

— On dirait, oui. »

Sous un tapis ondulant de mouches, les deux femmes contemplaient le cadavre d'un bovin en décomposition. L'animal n'avait plus d'yeux, plus de lèvres, plus de langue ni de gencives. Le cuir marron avait disparu sur les flancs, d'où un tas de viscères noirâtres, particulièrement puantes, s'écoulaient. Les côtes et les cornes d'un blanc immaculé tranchaient bizarrement avec la pourriture autour.

« De quoi est-elle morte, à ton avis ?

— Sans doute de soif ou d'un éclatement du pis. Il y a des chances que personne ne soit venu la traire depuis un moment.

Louis arriva jusqu'à elles à grandes enjambées :

— J'ai essayé de la retenir », ânonna-t-il, essoufflé.

Il se figea devant la carcasse recouverte d'insectes :

« Ah flûte ! Pauvre bête. Victime d'une crise cardiaque au moment des explosions, je suppose.

— Non, il n'y a pas de cendres sur la dépouille et à en croire l'état des chairs, la mort remonte à moins de quinze jours.

— Tu es aussi légiste ? demanda-t-il d'un ton amusé.

— Non, mais j'ai passé une bonne partie de mon enfance dans une ferme, alors des animaux morts, j'ai eu l'occasion d'en voir.

Louis approuva d'un hochement de tête et se tourna vers Chloé :

— Toi qui voulais un steak frites, tu n'as plus qu'à trouver les pommes de terre !

La jeune fille recula avec une moue dégoûtée :

— Aaaah ! T'es crade !

— Inutile de nous attarder », fit Romane en contournant le ruminant.

Les trois amis reprirent leur marche à travers le champ sans plus bavarder. Ils croisèrent deux autres charognes, mais ne s'arrêtèrent pas. Arrivés à ce qui semblait être la limite du pré, ils se trouvèrent face à un profond vallon, au bas duquel se dressait une maison en pierre avec des tuiles en ardoise. « Des tuiles en ardoise ou en terre cuite recouvertes de cendres », pensa Romane. Un sentier partait de la bâtisse pour relier ce qui semblait être une petite route goudronnée. La jeune femme entama la descente, genoux ployés pour conserver son équilibre.

« J'ai peur... », dit Chloé.

Romane se retourna :

« On ne court aucun danger. Il n'y a pas de véhicule devant la maison.

— Tu es sûre ?

– Certaine », répondit-elle.

Elle avait menti, bien entendu. Elle n'était plus sûre de quoi que ce soit depuis un sacré bout de temps. Son regard croisa celui de Louis. A l'évidence, il avait compris, mais il avança d'un pas décidé, avant de se tourner vers Chloé avec un large sourire :

« Le dernier en bas a un gage !

L'ombre d'une hésitation obscurcit un instant le regard de la jeune fille :

– Quoi, comme gage ?

– Massage des pieds des deux autres. »

Romane secoua la tête d'un air accablé. Sans plus s'occuper d'eux, elle poursuivit sa descente en diagonale, tant la pente était raide. Louis et Chloé descendirent à leur tour. Elle entendait au-dessus d'elle le bruit de dérapage de leurs chaussures et de leur souffle haché par l'effort. Enfin arrivée sur le plat, elle scruta le paysage alentour.

« Papa Tango à tour de contrôle ! brailla soudain Louis. Tout va bien, en bas ? »

Elle s'apprêtait à lui répondre quand Chloé la dépassa en courant. Entraînée par son élan, l'adolescente parcourut la distance qui la séparait de la maison en moins de quinze secondes.

« Preums ! hurla-t-elle après avoir frappé le mur du plat des deux mains.

– Gééénial », lâcha Romane dans un soupir.

Louis atterrit à sa hauteur avec un léger bond de gazelle, malgré ses grandes jambes aux rotules saillantes.

« Alors, la tour de contrôle ne répond plus ? demanda-t-il avec son éternel sourire d'adulescent.

– La tour de contrôle, elle t'... Seigneur, j'ai l'impression d'être une monitrice de centre aéré, se reprit-elle.

– Tu sais, Romane, je ne suis pas très susceptible, mais j'apprécierais tout de même que tu ne me parles pas comme à une gamine de seize ans, se formalisa le jeune homme.

— Dans ce cas, ne te comporte pas comme elle. »

Elle n'attendit pas sa réaction et se dirigea vers la cour de la maison. Une petite clôture en bois brut, plus décorative que dissuasive, ornait le bâtiment. Il n'y avait pas de portillon. Elle repéra l'entrée de la maison, tâta la lourde porte en bois pour en jauger la résistance et, en l'absence de carillon ou de sonnette, cogna le heurtoir à tête de lion sur le panneau à trois reprises. Ainsi qu'elle s'y attendait, elle n'obtînt pas de réponse. Elle tenta sans réelle volonté de pousser le battant, mais ce dernier lui résista. Le bloc en bronze de la serrure, d'un noir huileux, poussiéreux sur le dessus, n'avait pas même vibré. Louis essaya à son tour d'ouvrir la porte, avec le même insuccès.

« On essaie de la forcer ? demanda-t-il, dubitatif.

— Après toi », répondit Romane.

Le jeune homme recula, plia la jambe droite et envoya la semelle crantée de sa chaussure contre la partie visible du verrou. Le bois trembla dans ses gonds, mais ne céda pas. Il recommença et son effort fut cette fois récompensé par un craquement sourd. Romane essaya à nouveau de pousser, puis de tirer le battant, mais la porte ne cédait toujours pas. Louis lui fit signe de s'écarter et donna un troisième coup de pied. La porte s'ouvrit enfin à la volée et claqua contre le mur adjacent.

« Trop fort ! », s'exclama Chloé.

Elle voulut s'engouffrer à l'intérieur, mais sa sœur lui barra le passage avec un bras. Romane passa la tête dans l'encadrement, jeta un coup d'œil de droite et de gauche, puis rentra en se tenant dos au mur. Les volets étaient fermés et ses yeux mirent une dizaine de secondes à s'accoutumer à l'obscurité. La maison semblait déserte. Elle palpa le mur, trouva un interrupteur, l'actionna, mais rien ne se produisit.

A l'extérieur, Louis retenait Chloé par le coude.

« Est-ce qu'on peut entrer ? demanda-t-il.

— Une minute.

A tâtons, elle se dirigea vers une fenêtre, en actionna la poignée et poussa les persiennes.

Et la lumière fut », chuchota-t-elle.

Il y avait un coin cuisine, avec des plaques de cuisson au gaz, un four à bois vide et un évier en fer. A l'opposé, un lit individuel avait été collé contre le mur. Dans l'angle, il y avait une vieille armoire en rotin. Pour finir, elle avisa une petite porte ouverte sur le côté, avec un lavabo et des WC en faïence : la salle de bain.

« C'est bon, vous pouvez entrer », dit-elle à haute voix.

Louis et Chloé pénétrèrent dans la pièce et commencèrent immédiatement à l'explorer. Chloé se laissa tomber assise sur le lit et rebondit plusieurs fois sur le matelas.

Louis appuya sur l'interrupteur de l'entrée d'un geste machinal, comme l'avait fait Romane une minute plus tôt. Comme l'ampoule au plafond ne s'illuminait pas, il chercha le tableau électrique, le trouva dans un coin de la pièce et releva le disjoncteur. Il retourna tester l'interrupteur, mais dut se rendre à l'évidence : comme au gîte, il n'y avait plus d'électricité.

Il alla ouvrir les placards au-dessus de l'évier :

« Il y a du thon en boîte, de la macédoine de légumes et des pâtes », dit-il en alignant les aliments devant lui.

Il tourna les deux manettes de part et d'autre du robinet :

« Dommage qu'il n'y ait pas d'eau.

Il tourna le bouton du gaz :

Et pas de gaz non plus. »

Romane enleva d'un geste souple la boîte de thon à l'huile que le jeune homme avait posé sur le plan de travail et la lança à sa sœur, qui l'attrapa d'une seule main à la manière d'un joueur de base-ball.

« Tiens, mange ça ! Et fais attention de ne pas te couper en l'ouvrant.

— Il n'y en a qu'une ? demanda Chloé.

— Non, fit Louis. Il y en a assez pour tout le monde.

Il prit l'unique assiette, l'unique fourchette et l'unique couteau qui reposaient sur l'égouttoir et lui apporta le tout :

Bon appétit ! »

Romane regarda ce qu'il restait à l'intérieur du placard, leva les sourcils et posa sur Louis un regard interrogatif. Il lui répondit par un clin d'œil complice. Sans s'attarder sur la question, elle s'accroupit sous l'évier, y trouva une bonbonne de propane et manipula un instant le détendeur. L'absence de « pshit » lui confirma qu'elle était vide. Elle s'allongea alors sur le dos et suivit des yeux la robinetterie en cuivre.

« Qu'est-ce que tu cherches là-dessous ? demanda Louis.

— L'arrivée d'eau. Je voudrais vérifier qu'elle n'est pas juste coupée. »

Sa voix résonnait sous l'évier. Elle fit glisser son buste hors du renfoncement, attrapa la main que Louis lui tendait et se redressa.

« Je vais aller voir si elle n'est pas dehors, fit-elle en défroissant ses vêtements.

— Je viens avec toi. »

Pendant que Chloé, assise en tailleur sur le lit, dévorait son thon à l'huile, les deux adultes sortirent pour faire le tour du bâtiment.

« Tu sais qu'elle va piquer une colère monstre, quand elle s'apercevra que tu lui as menti, pas vrai ?

— Oui, mais entre-temps elle aura fait le plein de protéines, répondit Louis. Et puis partager cent quarante grammes de poisson en trois, ça n'aurait pas eu beaucoup de sens. »

Romane acquiesça, un sourire vague au coin des lèvres.

42

UNE NUIT AU CALME

Quand ils retournèrent à l'intérieur, Chloé avait la tête dans le placard de l'évier :

« Elles sont où, les autres boîtes de thon ?

Romane adressa à Louis un sourire moqueur et leva les deux mains en signe de désolidarisation.

– Elles doivent être sous ton nez, répondit Louis. Cherche bien.

– Tu t'enfonces, mon pote, lui glissa Romane à l'oreille avant d'aller s'étendre sur le lit.

– Non, il n'y a que des légumes et des pâtes, dit Chloé.

– Ah ? J'ai dû me tromper.

L'adolescente lui fit face et scruta son visage, yeux rétrécis :

– Vous allez manger, quoi, vous ?

– Les légumes sont excellents pour la santé. Ils sont pleins de fibres et de vitamines. »

Elle le dévisagea en silence, évaluant sa sincérité. Louis sentit des picotements derrière la nuque. Chez les filles Ashlander, à l'évidence, *le regard qui tue* était un équipement de série.

« Tu me dois un massage des pieds ! lança-t-elle d'un ton rancunier.

– Quand tu veux, Miss.

– Je vous interdis de m'infliger ce spectacle », leur fit Romane.

Louis croisa son regard, dans lequel il ne lut aucune trace d'ironie. Il se souvint de ce qu'elle lui avait dit au gîte : « si tu la touches, je te tue ».

« Un gage est un gage ! protesta Chloé.

– Oui et bien reportez son exécution à quand vos pieds auront vu la couleur du savon.

La jeune femme s'assit au bord du lit :

Je propose qu'on mange un morceau et qu'on passe la nuit sur place.

– Excellente idée », appuya Louis.

Il s'empara d'une grosse boîte de macédoine de légumes, tira l'opercule en arrière et en versa le contenu dans l'assiette vide que Chloé avait déposé dans l'évier. Il veilla, pendant la manœuvre, à garder le jus dans le fond de la conserve pour plus tard : dans leur situation, l'eau sous toutes ses formes devait être économisée. Il alla ensuite s'asseoir à côté de Romane, l'assiette sur les genoux.

« Tu viens manger avec nous ? dit-il avec une petite tape sur l'édredon à l'attention de Chloé.

– J'ai déjà mangé, t'as oublié ? répondit-elle d'un ton peu amène.

– Je sais, mais viens au moins t'asseoir avec nous, c'est plus sympa. Et si jamais l'envie te prend de consommer des légumes, ne te gêne surtout pas. Pour le coup, il nous en reste deux autres boîtes de huit-cent cinquante grammes chacune. »

Louis savait que la jeune fille avait encore faim, mais qu'elle ne l'avouerait pas. Elle les rejoignit en traînant des pieds, la mine renfrognée, puis se laissa tomber au bord du sommier. Les trois amis se reculèrent pour s'adosser au mur et piochèrent dans l'assiette que Louis avait gardée à plat sur ses cuisses. Ils mangeaient avec les doigts, se délectant du gras qu'avait laissé l'huile saumurée du thon sur la céramique.

« C'est curieux qu'il n'y ait ni table, ni chaise, constata Chloé entre deux bouchées.

— En même temps, c'est à peine plus grand qu'un cagibi, postillonna Louis. Je comprends qu'ils aient adopté le style minimaliste.

— Où sont les habitants de cette cabane, à votre avis ?

Le jeune homme s'essuya la barbe d'un revers de poignet :

— Soit ils n'étaient pas sur place au moment de la catastrophe, soit ils sont partis lorsqu'ils se sont rendus compte qu'ils n'avaient plus d'eau et d'électricité.

— A mon avis, l'occupant n'était pas sur place, commenta Romane. Sinon la bouteille de gaz ne serait pas complètement vide.

— L'occupant ? s'étonna Louis.

— Ou l'occupante, concéda la jeune femme. Quoi qu'il en soit, le logement n'a été équipé que pour une seule personne. »

Au fond de l'armoire, derrière une pile de couvertures, ils eurent la bonne surprise de trouver plusieurs photophores et une boîte d'allumettes. Ils allumèrent deux bougies, une qu'ils posèrent sur le dessus de l'armoire en guise de veilleuse, une seconde sur le plan de travail, à côté de l'évier. Ainsi, toute la pièce baignait dans une lueur certes faible, mais douce et rassurante. Afin de constituer deux zones de couchage, ils tirèrent le matelas sur le sol, puis recouvrirent les lattes en bois du sommier par deux couvertures. Ils remirent ensuite l'édredon par-dessus pour en faire un futon improvisé. Louis dormit sur le futon et les deux sœurs sur le matelas. Dans un demi-sommeil, il nota que Romane s'était allongée entre sa sœur et la porte d'entrée.

« Au moins, si quelqu'un essaie d'entrer, elle aboiera »,
pensa-t-il avec dérision.

Il bâilla, se retourna face au mur et s'endormit.

43

L'HELICOPTERE

Le soleil était déjà haut dans le ciel lorsque Louis ouvrit un œil. La maisonnette était silencieuse. Il s'assit au bord du sommier, s'étira, se frotta les yeux, puis la barbe, et attendit que ses rétines s'accoutument à la lumière du jour. Les filles étaient sorties. Il se demandait où elles avaient bien pu aller, quand la porte s'ouvrit avec un léger grincement. Chloé vint lui faire la bise, ce qui le surprit quelque peu. Romane se contenta d'un « bonjour ». Il la vit poser un objet oblong de couleur rose pâle sur un coin de l'évier. L'espace d'un instant, Louis crut sentir flotter dans l'air un parfum de rose, mais se dit que son cerveau, encore plongé dans les brumes du sommeil, avait créé cette illusion de toute pièce.

« Où étiez-vous passées, les frangines ? demanda-t-il d'une voix pâteuse.

— Chloé a trouvé un pain de savon dans la salle-de-bain. Du coup, nous sommes retournées au ruisseau pour nous décrasser », répondit Romane.

Louis concentra son attention sur l'objet nacré qu'elle venait de poser sur le rebord de l'évier et son esprit fit la connexion : c'était du savon et l'odeur de rose n'était pas une illusion.

« Tu vas pouvoir me faire mon massage ! lança

Chloé d'un ton joyeux.

— Bonté divine ! s'exclama Louis. De l'eau et du savon, je ne pouvais pas mieux commencer la journée !

Il se leva, plia le bras comme s'il tenait une serviette de toilette imaginaire, s'empara du savon et se retourna sur le seuil de la maison avec une demi-révérence :

Mesdemoiselles, lorsque nous nous reverrons, je serai un homme neuf.

Romane sourit poliment, tandis que Chloé hissait ses fesses d'un bond souple sur le plan de travail qui jouxtait l'évier :

— A ton retour, je veux mon gage !

Louis coula un regard circonspect à Romane, mais celle-ci ne semblait pas se préoccuper de leur conversation.

— A tout à l'heure », dit-il en franchissant la porte.

Il traversa le champ d'un bon pas jusqu'au bas de la petite côte qui menait vers le bois. Les articulations des jambes encore rouillées par la nuit, il glissa à plusieurs reprises sur la pente herbeuse. Arrivé sur la crête, il s'arrêta, haletant, les deux mains sur les genoux. Puis il se redressa et s'enfonça bientôt dans la végétation. Au bord de l'eau, il se déchaussa, retira ses chaussettes et commença à se récurer les orteils dans le courant. L'écume rosée du savon et le parfum floral qu'il dégageait le mettaient de bonne humeur. Il retira son T-shirt, se savonna la barbe, le cou, les dessous de bras et le nombril, avant de décider de se déshabiller entièrement. Une fois sa toilette achevée, il entreprit de laver également ses chaussettes et son caleçon, dans l'idée de les faire sécher ensuite au soleil. Il renfila chaussures et pantalon à même la peau, puis observa ses mains, doigts écartés devant lui. Il sortit son opinel et, avec la pointe, se cura les ongles un à un.

Tout à coup, des cris aigus déchirèrent le silence

matinal. Avant qu'il n'ait eu le temps de les analyser, il perçut un vrombissement aérien qui semblait se rapprocher. En l'espace de quelques secondes, il comprit : un avion ou un hélicoptère passait dans le ciel et les filles essayaient d'attirer l'attention du pilote. Il se mit à courir, son opinel encore déplié à la main. Arrivé dans le cirque lumineux de la prairie, il vit l'hélicoptère en train de tanguer devant lui, à moins d'un mètre du sol. Il se rappela soudain que courir avec la lame vers le haut était dangereux - il aurait pu tomber dessus - et entreprit de la rentrer dans le manche de son outil. Au même moment, deux détonations retentirent et Louis s'écroula. L'écho démultiplia le son dans la vallée. Chloé poussa un hurlement de bête sauvage et Romane tomba avec elle alors qu'elle tentait de la retenir par la taille.

L'hélicoptère se stabilisa enfin, les militaires sautèrent à bas de l'appareil en hurlant et encerclèrent aussitôt *l'homme au couteau* afin de s'assurer qu'il n'était plus une menace. Romane eut soudain l'impression que sa boîte crânienne allait imploser. Les rugissements des soldats, des pales et du moteur réunis, les rafales de poussière autour d'elle, les coups de feu qui résonnaient encore, les hurlements de sa sœur entrecoupés de sanglots, l'odeur de la poudre et du sang, le corps de Louis étendu dans l'herbe... tous ses sens étaient saturés. Elle sentit le T-shirt de Chloé lui glisser entre les doigts et s'évanouit.

44

LE SAUVETAGE

Elle n'avait pas dû perdre connaissance plus de quelques minutes, car elle était toujours allongée dans l'herbe quand elle rouvrit les yeux.

« Vous êtes hors de danger », dit une voix masculine au-dessus d'elle.

Elle cligna des yeux plusieurs fois, tourna la tête et aperçut sa sœur, le visage en larmes, une couverture de survie sur les épaules. Chloé était assise par terre, les genoux serrés dans ses bras, le regard désincarné. Un filet de morve reliait sa narine gauche à son menton. Romane se redressa avec un grognement. Elle resta assise un instant, les deux mains en appui sur le sol.

« Vous vous sentez mieux ? »

Elle sentit le poids d'une main masculine sur son épaule, vit la manche kaki qui recouvrait le poignet et acquiesça. Chloé n'avait toujours pas bougé. Romane la dévisagea avec inquiétude. Elle craignait qu'elle ne fût en état de choc.

« Chloé ?

— Quoi ? répondit sa sœur d'une voix rauque.

La jeune femme se sentit soulagée.

Tu as le nez qui coule... »

Sans lui répondre, Chloé se moucha dans ses doigts, puis les essuya dans l'herbe. Romane lui passa une main dans les cheveux.

« Nous allons conduire votre ami au dispensaire militaire des Vallées, dit le soldat dans son dos. Ensuite nous vous amènerons au camp d'accueil des populations d'Agnelet. Là-bas, la sécurité civile enregistrera vos identités, vous fournira du linge propre, de l'eau et de la nourriture.

   — Il est vivant ? demanda Romane dans un souffle.

   — Oui, aucun organe vital n'a été touché. Il a reçu une balle dans le pied droit et une autre dans le mollet. Nous avons comprimé les plaies pour contenir l'hémorragie. Le dispensaire est à moins d'une heure de vol; s'il n'y a pas de complication, ça devrait aller.

   — Dieu soit loué...

   — Je suis désolé pour ce qu'il s'est passé, mais un camion de l'armée de terre a été attaqué par des hommes lourdement armés, il y a trois jours.

   — Oui, je sais.

   — Vous savez ? répéta le militaire, surpris.

   — Oui, nous étions à l'arrière. Nous avons réussi à nous enfuir, c'est comme ça que nous nous sommes perdus.

Il hocha la tête d'un air grave :

   — Bien. Dans ce cas, vous savez que nous serons plus en sécurité dans les airs. Pouvez-vous vous lever ? »

Romane bascula sur un genou, puis donna une impulsion à sa jambe pour la déplier. Une fois debout, elle se tourna enfin vers l'hélicoptère, un Fennec de l'armée de l'air, dont les rotors reprenaient peu à peu de la vitesse. A l'intérieur, elle aperçut une silhouette allongée sur une civière, emmaillotée dans une couverture dorée scintillante.

« Louis... », dit-elle à voix basse, comme une incantation.

Les deux femmes montèrent à bord de l'appareil, aux côtés de leur ami. Il était pâle, mais conscient.

« Hey, mon pote… lui dit Romane avec un faible sourire.

— Hey, cheftaine », répondit-il en lui rendant son sourire.

Chloé s'installa à son chevet, le visage fermé. Elle avait les yeux rougis, les joues sales et les lèvres serrées.

Le soldat qui les accompagnait fit un signe au pilote. L'engin décolla à la verticale, s'éleva dans les airs, partit légèrement vers l'arrière, puis rebascula vers l'avant avant de remettre les gaz. Durant les dix premières minutes du vol, personne ne parla. Seuls quelques chuintements s'échappaient parfois du casque du pilote au milieu du ronronnement des hélices, qui tournaient désormais à leur rythme de croisière.

« Que sont devenus ces gens ? », demanda Romane au soldat assis en face d'elle.

Il la dévisagea d'un air perplexe.

« Les passagers du camion, précisa-t-elle.

— Ils sont morts.

Elle eut l'impression que son cœur avait loupé un battement.

— Tous ? insista-t-elle, espérant obtenir une réponse négative.

— A moins que d'autres que vous n'aient réussi à fuir, oui. D'après nos constatations, les accompagnateurs ont été abattus lors de l'assaut et les civils exécutés. Le réservoir du camion a été siphonné et nous n'avons retrouvé aucun effet personnel à son bord. Le motif de l'attaque semble avoir été le vol.

— Tous ? répéta Romane, abasourdie.

— Vous souvenez-vous combien de personnes étaient à l'arrière du véhicule avec vous ?

Elle essaya de rassembler ses esprits, compta sur ses

lèvres en silence et finit par secouer la tête :

    — Non, désolée. Je me souviens juste qu'il y avait trois enfants, deux fillettes de neuf ou dix ans et un petit garçon d'environ quatre ans.

L'homme ne manifesta aucune émotion.

    Est-ce qu'eux aussi sont... ? »

Il approuva d'un mouvement de tête un peu sec. Le regard de Romane se détourna pour aller se poser sur la silhouette de sa sœur. Elle était partagée entre l'horreur de ce qu'elle venait d'entendre et le soulagement d'en avoir réchappé.

Trente minutes plus tard, le Fennec s'immobilisa en vol stationnaire au-dessus d'un vaste chapiteau de toile blanche. Au terme d'une lente manœuvre, l'appareil se posa sur un parking à la croûte de goudron éclatée. Une femme et un homme en blouse verte sortirent de sous le chapiteau en poussant devant eux un brancard vide. Tête baissée pour protéger leurs yeux du souffle des hélices, ils entreprirent de transférer Louis sur leur petit lit à roulettes. Penchée au-dessus de lui, Chloé avait recommencé à pleurer.

« Ne t'en fais pas gamine, on va se revoir », lui dit-il gentiment.

Elle l'embrassa sur les lèvres, juste avant que les secouristes ne l'emportent vers la tente qui tenait lieu de dispensaire. Puis elle redressa la tête, vit sa sœur en train de la regarder et s'essuya les yeux d'un geste rageur :

    « C'est pas ce que tu crois !

Romane vint jusqu'à elle, entoura ses épaules d'un bras et lui murmura à l'oreille :

    — Il va s'en sortir. »

Tandis qu'elle aidait sa sœur à remonter à bord de l'hélicoptère, elle remarqua les barbelés, les sentinelles et deux blindés dont les tourelles à canon s'activaient au ralenti.

« Après les astéroïdes, la guerre civile, pensa-t-elle. Des milliers de personnes en exode sur les routes, à la merci des pillards, avec une poignée de soldats pour les protéger. »

Alors que le Fennec redécollait, Romane se demanda avec une vague appréhension ce qui les attendait au camp d'accueil d'Agnelet-Les-Lacs.

45

RETROUVAILLES

Le parc d'attraction d'Agnelet-Les-Lacs s'étendait sur un peu plus de sept hectares. Romane et sa sœur y étaient déjà venues il y a une douzaine d'années, avec leurs parents. Aujourd'hui réquisitionné par les autorités, il avait été aménagé pour l'accueil des réfugiés après la catastrophe. La plupart des structures - grand-huit, centrifugeuse géante, balançoire à nacelles, ascenseur spatial - s'étaient écroulées. Escortées par les militaires, les filles traversèrent un parking de gravier jusqu'à un cabanon, à l'intérieur duquel une femme en combinaison bleu et rouge leur demanda de décliner leur identité, qu'elle inscrivit soigneusement dans son registre à l'aide d'un stylo bille. Elle leur demanda ensuite leur taille de vêtement et leur remit à chacune une pochette rectangulaire en papier blanc estampillée « Sécurité Civile ♀ ». A l'intérieur se trouvait des échantillons de dentifrice et de gel douche, une brosse à dent, un gant de toilette, une petite serviette-éponge et deux slips blancs en coton neufs taille M.

A la sortie du cabanon, un fléchage au sol indiquait la direction d'une ancienne salle de spectacle, désormais transformée en dortoir. Au moment où les deux sœurs allaient s'engager dans l'allée, la femme en combinaison les rappela :

« Attendez une minute !

Elles se retournèrent en même temps.

J'ai une certaine Diane Ashlander dans les registres. Fait-elle par hasard partie de votre famille ? »

Romane s'arrêta de respirer, le souffle bloqué dans sa poitrine. Chloé écarquilla les yeux et se précipita vers la dame, qui eut un léger mouvement de recul sur son siège. L'adolescente posa les deux mains à plat sur son bureau :

« Où est-elle ? », demanda-t-elle, les joues en feu.

L'aînée inspira une brève goulée d'air :

« C'est notre mère, fit-elle avec un sourire gêné, comme pour s'excuser de l'attitude de sa sœur.

– Oh ! Je vois. Vous étiez venue ici pour la rejoindre ?

– Où est-elle ? répéta Chloé, qui se tordait le cou pour essayer de déchiffrer l'écriture du registre.

– Est-ce qu'elle va bien ? demanda Romane, le cœur serré par l'angoisse.

– D'après mes informations, oui, répondit la femme, sinon elle aurait été évacuée vers le dispensaire. Elle a l'emplacement soixante-deux dans le dortoir. Si vous ne la trouvez pas là-bas, c'est qu'elle est en train de se promener aux alentours. A l'exception des attractions et des zones de service, qui sont balisées, l'accès aux différents espaces de la base est libre. Pour votre propre sécurité, en revanche, vous n'êtes pas autorisés à quitter l'enceinte du parc. »

Chloé n'écoutait déjà plus. Elle repoussa brutalement le bureau, qui vacilla un instant sur ses pieds en métal, et se rua littéralement dans l'allée. Romane ne chercha pas à la retenir.

« Je vous remercie, dit-elle à l'agent d'accueil, qui rassemblait devant elle les papiers que Chloé avait fait s'envoler. Pouvez-vous me dire depuis combien de temps elle est arrivée ?

La femme consulta à nouveau son registre :

— Elle a été enregistrée le dix-huit août. Nous sommes le vingt-huit, donc il y a dix jours tout rond.

Romane adressa à son interlocutrice un hochement de tête reconnaissant :

— Merci pour tout... Et bon courage », ajouta-t-elle dans un élan de courtoisie un peu surjoué.

Elle emprunta l'allée au bout de laquelle sa sœur venait de disparaître. La marche jusqu'au dortoir lui sembla durer une éternité. Lorsqu'elle franchit le seuil, elle embrassa la salle du regard et repéra presque aussitôt les deux silhouettes familières qui s'étreignaient au milieu des lits de camp. Une cinquantaine de personnes déambulaient dans la salle. Certains s'affairaient autour de leur lit, d'autres discutaient, une minorité d'entre eux était assise ou allongée. Romane avança jusqu'à l'emplacement soixante-deux.

« Bonjour, maman. »

Sa mère tendit le bras pour l'agripper et la serra contre son cœur sans rien dire. Les trois femmes restèrent longtemps dans les bras l'une de l'autre. Lorsqu'elles s'écartèrent enfin, Chloé pleurait à chaudes larmes. Romane baissa les yeux sur les mains maternelles. Elles tremblaient. Elle se demanda si c'était à cause de l'émotion ou...

« Ils me donnent des anxiolytiques », dit sa mère avec un sourire coupable.

Romane hocha la tête.

« Fous-lui la paix ! », jappa Chloé.

L'aînée la regarda avec étonnement, mains ouvertes devant elle.

« Ne vous disputez pas, dit doucement leur mère. Je suis tellement heureuse de vous avoir auprès de moi... »

A l'heure du déjeuner, elles firent la queue à la cafétéria

du parc, où un menu unique leur fut servi : riz, poisson pané, tranche d'ananas au sirop. Concept et décor rappelaient à Romane le self-service de son école d'officier. Elle observa la fumée qui s'élevait des bacs de restauration et les ampoules qui brillaient faiblement au plafond. La jeune femme supposa que les militaires utilisaient un groupe électrogène. Alors qu'elle s'asseyait pour manger, quelqu'un à une table voisine cria son nom :

« Romane ! »

Elle leva vivement la tête.

Alban... Alban, Donatien, Estelle, Philippe le pharmacien, le vieillard aux sourcils jaunes, le père célibataire avec sa fillette, Linda, Nathaniel, les familles Perri et Carpentier : près de la moitié des résidents du Gîte du Cabris étaient là.

« Eh ! Génial ! », postillonna Chloé, projetant des grains de riz dans les cheveux de sa sœur.

Romane se leva et Alban vint l'enlacer. Elle lui rendit son accolade de façon un peu empruntée, mal à l'aise avec cette démonstration d'affection publique. Comme sa mère les contemplait d'un œil intéressé, Chloé crut bon de lui décrire la scène :

« C'est le doc qui lui a sauvé la vie ! Et c'est aussi son p'tit copain ! », conclut-elle fièrement.

Romane se contenta de lui jeter un regard réprobateur, puis porta à nouveau son attention sur Alban :

« Comment êtes-vous arrivés là ? lui demanda-t-elle.

— Par les airs, répondit-il naïvement. Je pensais que c'était vous qui nous aviez envoyé les secours ».

Elle allait faire *non* de la tête, avant de se souvenir qu'ils avaient eu le temps de donner aux soldats la position du gîte avant l'attaque du camion.

« Louis n'est pas avec vous ? reprit Alban.

— Il a été transporté dans une sorte d'hôpital

militaire, mais ses jours ne sont pas en danger.

— Que lui est-il arrivé ? »

Avant que Chloé ne se mêle de la conversation, Romane attrapa le jeune médecin par le bras et l'entraîna dans un angle du réfectoire pour s'isoler avec lui. Alban la suivit sans résister.

« Heureuse de te revoir », lui dit-elle avec un sourire vrai au fond des yeux.

D'un geste délicat, il retira un grain de riz pris dans ses cheveux blonds :

« Moi aussi. J'étais mort d'inquiétude pour vous trois et... tu m'as manqué.

— Où sont les autres ?

— Ils ont été évacués vers des centres d'accueil plus proches de leurs domiciles. L'armée essaie de répartir les gens en fonction des places disponibles, de leurs souhaits de regroupement et des secteurs d'habitation. Il y a un nouveau départ demain pour la Haute-Loire.

— C'est là-bas que tu vis, non ?

— Oui. D'après les informations qui m'ont été transmises, mes cousins sont hébergés sur place. Aucune nouvelle de mon père, en revanche. Il était... Il est veuf et... vivait... vit en maison de retraite. Il est officiellement porté disparu.

— Désolée de l'apprendre », dit Romane avec une réelle compassion.

Il haussa tristement les épaules :

— C'est comme ça... »

Elle appuya ses lèvres sur les siennes. Il entrouvrit la bouche et se sentit réconforté par ce baiser. Malgré les circonstances, il était heureux de pouvoir la tenir dans ses bras.

Le soir venu, il laissa avec regrets Romane rejoindre sa sœur et sa mère pour la nuit. Il lui aurait volontiers proposé de rapprocher leurs deux lits de camp, mais il savait que les trois femmes, qui venaient à peine de se retrouver, avaient besoin d'intimité. Pourtant, au moment de la séparation, il avait senti les doigts de la jeune femme s'attarder autour des siens. C'était une pression à peine perceptible, doublée d'une ombre fugace dans le regard, mais il comprit qu'elle aurait aimé, elle aussi, dormir auprès de lui.

Une fois seul, allongé dans l'obscurité, il repensa à cette succession de hasards qui l'avait amené jusqu'à elle, à cette succession de hasards qui les avait gardés en vie. Il repensa aux cadavres dans l'église de Bar-Les-Jas, à la longue marche jusqu'au Gîte du Cabris, à la solidarité extraordinaire qui avait permis aux survivants – hommes, femmes, enfants, jeunes et moins jeunes – d'être aujourd'hui sains et saufs. Il ne savait pas encore ce qu'il était advenu de son père et peut-être ne le saurait-il jamais, mais ses cousins, eux, étaient en vie et à l'abri. Demain, il les retrouverait. Il avait encore une famille. Tout serait sans doute à reconstruire, sa vie, sa maison, sa carrière... Mais il était en vie. Il était en vie, il avait découvert en lui des ressources insoupçonnées... Il avait su aider, guider, marcher, aimer... Aimer, surtout. Aimer à la manière d'un adolescent que, dans le fond, il n'avait jamais été. Ou peut-être comme l'homme mature qu'il attendait de devenir depuis si longtemps. Il ne le savait pas vraiment, mais il savait en revanche qu'il ne *la* remercierait jamais assez pour ça. Malgré ses brillantes études de médecine, malgré son titre de Docteur, malgré ses manières élégantes et sa culture, il avait toujours eu l'impression d'être un imposteur, un homme falot dans un costume trop grand pour lui. Auprès d'elle, il s'était senti différent. Il s'était senti *vivant*. Bien sûr, leurs chemins allaient se séparer. Bien sûr, il en concevait du chagrin, mais ce n'était pas le plus important. Grâce à elle, grâce à eux *tous*, il se sentait *à sa place* dans ce nouveau monde.

Juste avant fermer les yeux, il se dit que, malgré la cruauté de la situation, tout lui était désormais possible. Il s'endormit avec un léger sourire sur les lèvres.

EPILOGUE

« L'hélicoptère décollera dans quinze minutes »,
rappela le haut-parleur.

« Qu'est-ce qu'on fait, Romane ? », demanda Alban.

Elle lui sourit à contrecœur :

« Il n'y a pas de *on*, Alban. Fais ce que tu as à
faire, c'est tout.

Il hocha sentencieusement la tête, semblant réfléchir.

— D'accord. »

Sa voix était restée linéaire. Il songea un peu tristement
que cette fille venait de le frapper au cœur pour la
seconde fois. La première remontait à cette fameuse
après-midi où, après l'amour, elle s'était endormie entre
ses bras. Elle dont les muscles étaient sans cesse prêts à
se tendre pour la fuite ou l'attaque, dont le regard mobile,
aigu, analysait son environnement en une fraction de
seconde, dont le calme apparent était un camouflage sous
lequel palpitait un pouls d'oiseau blessé... elle s'était
endormie dans ses bras. Ça l'avait bouleversé. Il baissa
la tête, noyé dans son vague à l'âme.

Bien qu'elle fut toujours en face de lui, il essayait déjà
d'imprimer dans sa mémoire le souvenir de ses longs
cheveux blonds, de ses yeux d'un bleu de lac, de son
visage aux traits ciselés, des fossettes qui creusaient ses
joues quand elle souriait, de sa peau chaude, halée,
salée... Il se passa la langue sur les lèvres. Leur saveur
était fade. Il s'efforça alors de déclencher dans son

cerveau un petit enregistreur vocal. Il fixait mentalement, comme sur un répondeur téléphonique, les vibrations, les octaves, les couleurs de cette voix féminine, plutôt grave, songea-t-il, mais pas masculine pour autant, non, douce, très douce, un brin hypnotique à certains moments, sans concession à d'autres.

« Pourquoi souris-tu ? », demanda Romane.

Il releva la tête un peu trop vite, comme s'il avait oublié, l'espace d'un instant, qu'elle était encore là.

« Parce que je pense à toi.

Elle se raidit pour ne pas pleurer.

— C'est mignon, dit-elle, la tête penchée sur le côté.

— Mignon... », répéta Alban, perplexe.

Elle posa une main sur son avant-bras :

« Merci pour tout, Alban.

— Oui », dit-il simplement, à court de mots.

Il se balança d'un pied sur l'autre pendant quelques secondes, puis rompit le contact par un simple pas en arrière. Les doigts de Romane avaient laissé sur sa peau une empreinte brûlante. Il se frotta le bras, déposa sur sa joue un baiser furtif, puis se dirigea vers l'hélicoptère de rapatriement d'une démarche plus guindée qu'il ne l'aurait voulu.

Chloé, qui avait assisté de loin à la scène, le vit tourner le dos à sa sœur et marcher en direction des sentinelles qui encadraient l'engin. Romane, elle, était restée parfaitement immobile. L'adolescente n'avait pas entendu ce qu'ils s'étaient dit, mais estima que ce n'était rien de bon.

Elle fit quelques pas en avant et agita les bras dans les airs :

« Eh ! Doc !

Alban se retourna.

Elle ne veut pas que vous partiez, doc !

— Chloé… », soupira Romane.

L'homme les regarda se chamailler un instant.

Comme il ne bougeait pas, Romane lui sourit :

« Encore merci, Alban. Et bonne chance pour la suite.

— Elle ne veut pas que vous partiez, doc !

— Chloé, ça suffit… dit l'aînée à voix basse.

— Si vous avez appris à la connaître un tant soit peu au cours des dernières semaines, vous savez que j'ai raison !

Romane baissa les paupières quelques secondes, soupira pour la deuxième fois et rouvrit les yeux :

— Ne fais pas attention à elle. Vas-y.

— Mais merde ! cria Chloé. Dis-le-lui ! T'as pas signé de contrat pour être malheureuse toute ta vie, si ?!

— Tu vas trop loin, petite sœur.

— A bientôt ? interrogea Alban avec un sourire hésitant.

— Oui, à bientôt », répondit Romane, mais ils savaient tous deux que ce n'était qu'une formule.

Il attendit quelques secondes qu'elle ajoute quelque chose. Comme elle le regardait toujours, il l'encouragea d'un léger hochement de tête. Elle se contenta d'y répondre par un signe de la main. Il lui rendit son salut, déçu par la banalité de leurs adieux, puis se dirigea vers la file d'attente des voyageurs qui attendaient l'embarquement. Chloé dévisagea sa sœur, le regard assombri. Romane regagna l'ancienne salle de spectacle sans lui adresser la parole.

La cadette resta un moment sur l'esplanade, les yeux dirigés vers le grand hélicoptère vert olive, dont les pales commençaient à tourner au ralenti. L'air boudeur, elle envoya un coup de pied dans le gravier, fourra ses mains dans ses poches et alla rejoindre sa mère et sa sœur à l'intérieur. Elle se laissa tomber sur une chaise pliante, un bras en arrière du dossier, muette.

Romane était restée debout, les mains derrière le dos.

Elle écoutait sans l'entendre le babillage incessant de sa mère, un sourire crispé sur le visage. L'espace d'une longue minute, le vacarme du NH90 Caïman se soulevant du sol couvrit toutes les voix dans la pièce. Le *flap-flap* des hélices s'étira dans l'air durant ce qui semblât être à Romane une éternité. Alors que les ondes sonores de l'aéronef se perdaient dans le lointain, un bourdonnement sourd d'intensité égale, comme un acouphène, persistait à ses oreilles. Elle se sentit fatiguée, mais la journée n'était pas terminée. Pendant que sa mère continuait de parler, elle vit passer un homme d'âge mûr, maigre, les yeux profondément enfoncés dans les orbites, avec une cigarette derrière l'oreille. Elle se demanda s'il était arrivé au camp avec ses propres cigarettes ou si elle pouvait en obtenir par l'accueil. Presque aussitôt, elle se revit l'été dernier, au bord de la piscine d'un hôtel privé, allongée sur un transat avec un cocktail dans une main et une Winston dans l'autre. Un de ses supérieurs lui avait trouvé du charme et l'avait invitée en week-end. Bien qu'elle l'ait trouvé gentil, elle avait eu un peu honte de se faire offrir ce genre de séjour, mais c'était le seul véritable moment de détente qu'elle s'était octroyée depuis ses quinze ans. Ils n'étaient pas ressortis ensemble après ça, sans que leurs relations professionnelles ne s'en trouvent affectées.

Sa mère lui posa une question.

Romane ne l'avait pas écoutée, mais lui sourit, parce que *papa l'aurait voulu.*

Alban promena son regard autour de lui, un peu perdu. Il y avait beaucoup de monde; beaucoup de bruit, aussi. Il se fraya un chemin à travers une forêt de bras et de jambes, répéta « pardon » une bonne demi-douzaine de fois tandis qu'il forçait le passage... et l'aperçut enfin au milieu de la foule. Sa mère et sa sœur étaient assises l'une à côté de l'autre, dans un coin de la salle, mais *elle* était debout. « Bien sûr qu'elle est debout, se dit-il avec un curieux mélange de fierté et de douleur. Quoi qu'il arrive, cette fille est *toujours debout* ».

Il arriva dans son dos et referma lentement ses bras autour d'elle.

« Ça va aller, maintenant... », murmura-t-il.

Elle ne s'était pas retournée, n'avait pas parlé, ni même tressailli à son contact, mais il la sentit relâcher contre sa poitrine tout le poids de son corps, de ses années de lutte, de ses milliards d'émotions broyées vives.

Il arma ses bras pour soutenir la charge.

« Ça va aller », répéta-t-il.

Imprimeur :

Amazon Fulfillment

Poland Sp. z o.o., Wroclaw

Mise en page : éditions LCA